16	3	2	13
5	10	11	8
9	6	7	12
4	15	14	1

Marconi Leal

O SUMIÇO
MAIS UMA AVENTURA DO
CLUBE DOS SETE

Ilustrações de Newton Foot

editora 34

EDITORA 34

Editora 34 Ltda.
Rua Hungria, 592 Jardim Europa CEP 01455-000
São Paulo - SP Brasil Tel/Fax (11) 3816-6777 www.editora34.com.br

O sumiço © Marconi Leal, 2006
Ilustrações © Newton Foot, 2006

A FOTOCÓPIA DE QUALQUER FOLHA DESTE LIVRO É ILEGAL, E CONFIGURA UMA APROPRIAÇÃO INDEVIDA DOS DIREITOS INTELECTUAIS E PATRIMONIAIS DO AUTOR.

Capa, projeto gráfico e editoração eletrônica:
Bracher & Malta Produção Gráfica

Ilustrações:
Newton Foot

Revisão:
Fabrício Corsaletti
Marcela Vieira

1ª Edição - 2006

CIP - Brasil. Catalogação-na-Fonte
(Sindicato Nacional dos Editores de Livros, RJ, Brasil)

L435s
Leal, Marconi, 1975-
O sumiço: mais uma aventura do
Clube dos Sete / Marconi Leal; ilustrações de
Newton Foot — São Paulo: Ed. 34, 2006.
192 p. (Coleção Infanto-Juvenil)

ISBN 85-7326-354-7

1. Literatura infanto-juvenil - Brasil.
I. Foot, Newton, 1962-. II. Título. III. Série.

CDD - 869.8B

O SUMIÇO
Mais uma aventura do Clube dos Sete

1. O telefonema 7
2. Seqüestro? 13
3. O disquete 19
4. O poema 25
5. A descoberta 31
6. A viagem 35
7. Menino de espada de prata 43
8. Perdidos 49
9. Novo ataque 55
10. A Volta 63
11. Notícia de Marcos Winterforgues ... 71
12. Os Fichais 77
13. O rapto de Lígia 85
14. Perseguição 93
15. Sozinhos no escuro 101
16. O julgamento 109
17. Desmaiados 119
18. Os heróis 125
19. Tilo 133
20. Zeca, Jonas e Daniel 137
21. A visão 143
22. O estrangeiro 149
23. Reencontro 157
24. Memede 163
25. Na fábrica 173
26. Fim 179

1.
O TELEFONEMA

Era perto das dez da noite. Eu estava sozinho no sótão, navegando na internet, quando o telefone tocou. Pela respiração pesada de Palito, percebi que havia alguma coisa errada.

— João, vem aqui em casa — disse ele após alguns segundos.

— Que foi, Palito? Algum problema com Alice?

— Alice? Não. Preciso desligar. Vem logo.

Meus olhos ficaram fixos na tela do computador, onde acabava de ser carregada a imagem de uma pintura de Hieronymus Bosch. Desde as seis da tarde eu estava ali, no mesmo lugar, visitando museus virtuais, procurando obras de pintores famosos.

Por aquele tempo, estava completamente encantado pelas pinturas de Goya, Brueguel e William Blake, além do próprio Bosch. Todos eles tinham um certo prazer pelo escuro, o esquisito, o feio, o secreto, o mágico.

Agora despertava com aquela estranha ligação de Palito e tentava imaginar o que estava por trás dela, enquanto observava os contornos das figuras bizarras que surgiam no quadro à minha frente.

De repente tive medo e senti um frio na barriga. Desliguei o monitor, corri para fora do quarto e desci as escadas, disposto a ir de uma vez à casa de Palito e saber o que estava acontecendo.

Enquanto pisava os degraus que levavam ao corredor do primeiro andar, os personagens de Bosch rondavam minha cabeça: caveiras, dentes pontudos, risos perversos, figuras infernais.

Apanhei um casaco no quarto, calcei os sapatos e desci às pressas para o térreo. Passei pela sala em direção à garagem. Vovô e vovó assistiam à televisão.

— Aonde você vai, Joãozinho? — perguntou meu avô, que estava com o cabelo assanhado e a cara amassada de sono.

— Pra casa de Palito, vô.

— Uma hora dessa?

— Eu... A gente tem que estudar um assunto e...

— Mas não estão de férias?

— É... Depois eu explico, vô!

Disse isso e saí correndo pela cozinha, enquanto o ouvia gritar:

— João!

Abri a porta da garagem, saltei na bicicleta e pedalei a toda velocidade. Assim que atingi a calçada da frente de casa, escutei vovó sussurrar:

— Boa sorte. E cuidado com as nuvens, meu neto.

Virei a cabeça e deparei com os olhos brilhantes dela, que tinha se postado na janela da sala e me acenava sorrindo. Não respondi. Pensei: "Cuidado com as nuvens...". E redobrei a força nos pedais com raiva.

Poucos minutos depois, chegava à casa de Palito. As luzes estavam todas apagadas. Só a da sala estava acesa e havia grande movimento lá dentro, som de gente andando e conversando baixinho.

De onde eu estava e com toda a escuridão que circundava a casa e o bairro àquela hora, parecia assistir a uma peça de teatro. O clima estava um pouco frio apesar do verão e as árvores na penumbra pareciam estar me olhando.

Senti um arrepio pelo corpo. Deixei a bicicleta no quintal e avancei pelo portão aberto até o terraço, onde Dógui, o pastor alemão de Palito, estava esparramado, imóvel.

Normalmente ele fazia festa quando me via. Agora estava com os olhos distantes, recolhido sobre as patas, e me encarou sem interesse.

— Dógui! — chamei, me aproximando.

Alguém ouviu minha voz e veio até o terraço. Era Marcos, o pai de Palito.

— João? Entre — falou, com o rosto fechado e voz muito séria.

Fiz o que ele me pedia sem perguntar nada. Na sala,

encontrei umas seis ou sete pessoas, todas familiares de Palito. Entre elas, a mãe dele, Célia, que estava com a cabeça baixa, segurando a testa com a mão. Duas senhoras acariciavam seu cabelo e alisavam suas costas como se quisessem consolá-la.

Olhei para um lado e para o outro. Não sabia o que fazer. Continuava calado, de olhos muito arregalados, tentando compreender a cena que via. "Alguém morreu", pensei. "Só pode ser isso. Alguém da família morreu."

Quando me preparava para dizer qualquer coisa, pedir uma informação, perguntar por Palito, ouvi um barulho de carro.

— Devem ser eles — alguém disse e todos se levantaram.

Olhei na direção da saída e vi chegar uma viatura da polícia. Dois policiais desceram dela. Marcos foi até eles, apertou suas mãos e acompanhou a dupla até a entrada da casa.

Naquele mesmo instante escutei alguém me chamar:

— João!

Era Palito, que surgia dos fundos da casa, também com as faces pálidas e um jeito triste, e me convidava para seu quarto:

— Por aqui.

Lembro de ter reparado como, até nos momentos mais dramáticos, Palito tinha um ar cômico. Quando entramos, ele fechou a porta e, antes que eu pudesse perguntar qualquer coisa, me disse:

— Preciso de sua ajuda.

Esperei calado que finalmente me contasse o que estava acontecendo. Depois de dar um suspiro profundo, ele continuou:

— Tio Memede...

— Que é que tem ele?

— Foi seqüestrado.

— Quê?

— Tio Memede foi seqüestrado, João!

— Como assim? — perguntei mais uma vez, finalmente compreendendo o que dizia. E afirmei: — Não pode!

— Pode. Mas ninguém acredita.

Aquela última frase de Palito me deixou ainda mais perdido. Vendo minha confusão, ele disse:

— Senta aqui e me escuta.

E foi assim, a partir daquele momento, que começou a mais intrigante e misteriosa de todas as aventuras do Clube dos Sete.

2.
SEQÜESTRO?

Palito me puxou pelo braço com as mãos geladas e nos sentamos na cama. Enquanto enxugava o suor da testa, limpava os óculos e se recompunha para contar o que tinha acontecido, a imagem de Memede vinha à minha mente.

Como podia ter sofrido um seqüestro? Fazia apenas dois dias que havia me ligado. Uma ligação rápida, apenas para conversar um pouco. Parecia tão próximo! Quer dizer, estava longe, de férias no interior do estado. Mas tudo indicava que estava bem e disposto. E agora, seqüestrado?

— Conta essa história direito, Palito! — pedi impaciente, sacudindo os ombros do meu amigo.

Palito recolocou os óculos no rosto e prosseguiu com a mesma voz rouca que eu ouvira em sua ligação pouco antes:

— Meus pais acham que ele fugiu. Fugiu, sofreu um acidente ou... morreu.

— Morreu? — perguntei exaltado.

— É, mas eu não acredito. Tenho certeza que foi seqüestrado.

— Peraí. Calma. Me diz o que aconteceu desde o início — pedi, levantando da cama num impulso e indo sentar na cadeira da escrivaninha.

Palito soltou um suspiro e contou que o tio havia marcado de voltar das férias dois dias antes. Deixara o hotel em que estava hospedado, mas não tinha aparecido nem dado notícias até então.

— Agora me diga — concluiu Palito —, você não acha isso estranho?

— Estranho é — respondi. — Muito estranho. Mas você sabe muito bem que Memede não é de avisar o que vai fazer. E que de vez em quando some sem dar explicação...

— Eu sei, João. Acontece que falei com ele pouco antes de ele deixar o hotel. Ele tava louco pra chegar no Recife. Parecia ter alguma coisa importante pra fazer aqui, entende?

Balancei a cabeça, concordando. Novamente a imagem de Memede surgiu diante de mim com seu andar desengonçado e sua risada estridente.

Ele era tio de Palito por parte de mãe e morava na casa junto com eles. Ultimamente tinha se aproximado muito de mim. Fazia mais ou menos dois anos que eu havia começado a me interessar seriamente por literatura e por arte em geral. E Memede conhecia bastante sobre o assunto.

Devia ter uns cinqüenta anos e trabalhava como jornalista para um jornal local. Quando nos encontrávamos, ele sempre me indicava algo para ler: livros, poemas, artigos de revista ou jornal, páginas da internet.

Apesar da diferença de idade, acabamos ficando amigos. Palito também adorava o tio e, com Alice, participava de nossas conversas e dos programas que fazíamos juntos, como idas a museus e teatros. Memede era uma espécie de guia cultural e incentivava nosso gosto pela leitura, pela pintura, por espetáculos artísticos.

É verdade que os pais de Palito e meu avô não viam com bons olhos essa aproximação. Memede era considerado irresponsável, um boêmio que "não queria nada com a vida". "Só quer saber de poesia", como dizia vovô quando estava irritado. "Um vagabundo!"

De fato, o tio de Palito não era uma pessoa "comum". Nas discussões com outros adultos, por exemplo, muitas vezes chegava a levantar a voz e discutir violentamente para defender seus pontos de vista. Muitas pessoas o achavam chato ou simplesmente desagradável.

Recentemente a esposa havia se separado dele e isso contribuiu para que seu temperamento se tornasse ainda mais instável. Às vezes sumia sem deixar notícia, outras chegava em casa de madrugada.

Seja como for, era uma pessoa sensível, dessas que choram em filmes ou ao ler um poema. Era um sujeito "diferente", sim. Mas, pelo menos com relação a nós três e aos outros integrantes do Clube, era sempre muito gentil e principalmente bem-humorado.

E agora Memede havia sumido. Mas como? Lembrei de seu último telefonema para mim. Foi curto. Pensando bem, ele parecia apressado. Não me disse que estava voltando para o Recife naquele mesmo dia. Havia apenas falado sobre um poema. Um poema de Olavo Bilac.

Isso, agora me lembrava: a poesia se chamava "Esperança". E o fato me chamou a atenção, porque eu não gostava de Bilac.

Levantei da cadeira e andei pelo quarto coçando o queixo. Parei debaixo da lâmpada do teto e perguntei a Palito, que estava sentado no mesmo lugar:

— Que foi que vocês conversaram?

— O quê? — perguntou meu amigo, levantando a cabeça para me encarar e limpando uma lágrima que escorria pela bochecha.

— Você e Memede... O que vocês conversaram quando ele ligou dois dias atrás?

— Nada. Quer dizer, nada muito importante. Ele disse que tava voltando, que tava com saudade e pronto, a gente desligou.

— Só isso?

— Que eu me lembre, só. Ah, e pediu pra eu checar se tinha um livro lá no quarto dele.

— Um livro?

— É. Queria conferir se ainda tinha o livro ou se tinha emprestado a alguém.

Voltei a andar pelo quarto, com as mãos no bolso da bermuda. Palito escorou os cotovelos sobre as coxas e apoiou o rosto nos punhos fechados, olhando para o chão. Perguntei:

— Por que você acha que ele foi seqüestrado?

Palito coçou o nariz e endireitou o corpo antes de responder:

— Porque... Não sei. É um pressentimento. Ele parecia bem, tranqüilo. Desde que tia Neidinha se separou dele, nunca tinha ouvido sua voz tão suave.

Passei os olhos pelos móveis do quarto: a cama, a escrivaninha, a mesa do computador, o guarda-roupa, as prateleiras de livros. Da sala vinham as vozes dos familiares de Palito e de seu pai, que conversava com os policiais recém-chegados.

De repente, tive um pensamento:

— Palito... Que livro foi esse que Memede pediu pra você checar?

— Foi um de Olavo Bilac. Aquele ali, do lado do computador. Por quê?

Meu coração disparou. Apanhei o livro de cima da mesa. Ou era muita coincidência o tio de Palito ter se referido duas vezes a Bilac, no mesmo dia, em dois telefonemas diferentes, ou havia coisa estranha ali.

Abri o livro, uma coletânea de poesias. No índice, deparei logo com o título do poema "Esperança", que Memede havia mencionado ao falar comigo pela última vez. Estava grifado.

Encontrei a página indicada e tive um sobressalto: colado à folha do livro com fita adesiva, havia um disquete de computador. Retirei o disquete dali e o balancei no ar, eufórico:

— Palito! Acho que acabei de achar uma pista do paradeiro de Memede!

3.
O DISQUETE

Palito me olhava como quem não estava entendendo nada. Falei para ele da conversa que tivera com Memede sobre Bilac e expliquei onde havia encontrado o disquete. Então ele saltou da cama com o rosto iluminado, lançando os braços para cima e gritando:

— Vamo' acessar esse disquete agora!

Levantou-se com tanto entusiasmo que acabou tropeçando no tapete, caindo e se estatelando embaixo da cama. Ficou enfiado ali feito um avestruz de desenho animado.

— Socorro, João! Tô sem ar! — disse, segundos depois, com voz sumida e abafada.

E eu pensei que aquele era o tipo de cena que só podia acontecer mesmo com Palito. A gente ali, prestes a desvendar um mistério, e o desastrado preso debaixo da cama.

Meio irritado, ajudei o magrela a se levantar. E ele, vermelho e puxando o ar como um touro, só repetia: "Brigado, João! Brigado, João!", como se tivesse sido salvo da morte.

Enfim ligamos o computador e introduzimos o disquete. Mas logo descobrimos que ele estava protegido por senha.

— Droga! — falou Palito. — E agora?

— Bola! Liga pra Bola e diz pra ele encontrar a gente na sede do Clube.

Palito fez como sugeri e em seguida comunicou ao pai que dormiria lá em casa.

— Acho melhor mesmo — falou Marcos, que continuava conversando com os policiais, acompanhado de um outro tio de Palito.

Assim, tocamos para a sede do Clube dos Sete, onde Bola já nos esperava, sentado no terraço, tomando uma taça de sorvete. A primeira coisa que disse foi:

— Tá uma delícia!

— Você não sabe o que aconteceu, Bolinha! — gritou Palito com sua habitual cara de desespero enquanto atravessávamos o portão.

Bola lambeu os lábios sem muito interesse e engoliu outra colherada:

— O quê?

— Memede foi seqüestrado... — respondeu Palito. — E tudo indica que foi a Al-Qaeda...

— Que Al-Qaeda, que nada!

— Sumiu, como? — perguntou Bola, indeciso entre olhar para mim ou para a taça de sorvete.

— Ninguém sabe. Marcos e Célia acham que sofreu um acidente. Palito, pelo visto, acha que foram os terroristas islâmicos. A gente só vai saber abrindo esse disquete aqui. O problema é que ele tá protegido por senha. Por isso a gente pensou que...

— Sem problema. Dá cá. A gente vai abrir o bichinho agora — concluiu Bola, finalmente largando a guloseima.

Entramos na sala, onde vovô e vovó continuavam sentados. Ele no sofá, ela na poltrona diante da televisão. Vovô olhou para mim com os olhos chispando de raiva e só então me dei conta de que havia saído de casa sem dar as devidas explicações para ele.

Ultimamente isso vinha acontecendo com freqüência. Desde a doença de vovó, eu e ele discutíamos muito.

Enquanto o encarava, reparava pela primeira vez nos detalhes de sua aparência. Ele estava com a barba branca por fazer, o cabelo grande e assanhado, as roupas amarrotadas. Não calçava as chinelas de couro, tão comuns nos seus pés. E parecia mais velho. Muito mais velho.

Era curioso, porque nunca tinha enxergado nele um "avô". Primeiro porque ele e vovó me criaram como pais. Depois porque não se comportava como um "velho", quer dizer, conversava comigo de igual para igual e era um sujeito antenado com as coisas modernas, podia discutir qualquer assunto.

Agora ficava a maior parte do tempo calado, assistindo à televisão, acompanhando vovó em seus passeios pela casa ou dando orientações a Maria sobre como agir com ela. Também estava mais irritado, explodia por qualquer coisa.

Antes me orgulhava de que ele fosse uma pessoa "liberal", que me deixava à vontade para tomar minhas decisões e fazer o que quisesse, desde que com responsabilidade. Agora passara a ser controlador, a todo momento me perguntando com quem estava, o que fazia, o que deixava de fazer.

E isso, claro, acabava por gerar atritos entre nós dois. Até porque eu também estava menos disposto a conversar e mais propenso a brigas.

Mas, olhando para ele ali sentado no sofá, chateado comigo, com aquelas roupas bagunçadas, em vez de me armar para a discussão como de costume, tive pena. E só então entendi o que Maria tinha me dito dias antes, enquanto me servia o almoço:

— Coitado... Cuidar de dona Marilda tá acabando com seu Augusto!

Era verdade. Em poucos meses, vovô envelhecera alguns anos.

— Boa noite, seu Augusto. Boa noite, dona Marilda — disseram Bola e Palito.

Vovô não respondeu. Vovó disse sorrindo:

— Boa noite, filhos. Como vão? E então, já encontraram o cravo?

— Cra-cravo? — perguntou Palito, olhando para mim.

— Já, vó! Já! — disse meio envergonhado, meio raivoso, e empurrei os meninos na direção da escada.

— Que é que tem mesmo tua vó, hein, João? — perguntou Palito em seguida, incapaz de conter a curiosidade.

Bola o cutucou para que se calasse. Eu falei apenas:

— Nada. Vam'bora.

Uma vez no sótão, Bola se dirigiu ao computador. Liguei o ar-condicionado e fui até o telefone para chamar os outros integrantes do Clube. Palito ficou brincando com as bolas da mesa de sinuca, os olhos distantes e sérios.

Ao fim de quinze ou vinte minutos, nosso *expert* em informática conseguiu descobrir a senha do disquete:

— Aqui! Eu sou mesmo um gênio, rapaz. Venham ver.

Eu e Palito corremos para a frente do computador e deparamos com um texto escrito no Word.

Um poema.

4.
O POEMA

O texto era de difícil compreensão:

MARCOS WINTERFORGUES

O menino de espada de prata
Pulou o muro do colégio,
Mas aprendeu o sortilégio,
Os segredos da fria lata.

Não seguiu com os Fichais
O difícil caminho do erro,
Não se juntou aos demais
No perverso e triste Desterro.

Por ora vaga sem sentido,
Longe dos caminhos d'A Volta,
Atirando cega revolta,

Cheio de dor e compungido.
Já na cidade, sutil
Medra outro crime, mais vil.

Ficamos alguns minutos calados, lendo e relendo os versos, sem idéia do que significavam. Por fim, Bola disse:

— Me desculpe, Palito, mas agora eu tenho que concordar com o que dizem do teu tio: ele é realmente doido. Isso não faz o menor sentido!

— Ei, rapaz, respeito! Que preconceito é esse contra o doido? A avó de João mesmo tá meio doidinha e nem por isso... err... ahn... Foi mau, João! É que...

Enquanto ele procurava um buraco para se esconder, morto de vergonha, eu perguntei a Bola:

— Só tinha esse arquivo no disquete?

— Só — respondeu. E foi a vez dele ficar sem jeito: — Mas, quem foi que disse que essa maluquice... quer dizer, essa doidi... digo, essa falta de "muito" senso... mas que nem por isso é loucura... quando eu digo loucura...

Desviei os olhos, soltei um suspiro e tentei me concentrar no texto. A situação era constrangedora. Assim, fiquei muito aliviado quando Alice, Jonas, Daniel e Zeca, um após o outro, chegaram ao sótão.

— E aí, que foi que houve de tão importante? — perguntou Daniel, com cara de sono e bocejando.

Sem demora, chamei todos para um canto. Fizemos um semicírculo no chão e contei o que tinha acontecido com Memede. Em seguida, Bola mostrou a folha de papel com o texto que tinha acabado de imprimir.

— Só isso? — perguntou Jonas.

— Só — respondi.

— E como é que você pode ter certeza que o texto tem a ver com o sumiço de Memede, João? — perguntou Zeca.

— Pelo que já disse — repeti impaciente. — O telefonema, a referência a Bilac e o fato de ter encontrado o disquete exatamente na página do poema.

— É pouco — falou Daniel.

Não dei resposta. Deitei a folha no meio do semicírculo, tentando encontrar um sentido naquela enxurrada de palavras.

— Não seria melhor contar pra polícia? — perguntou Zeca.

— Não! — falou Palito. — Eles não iam acreditar. Nem meus pais acreditam em seqüestro.

— Talvez fosse até interessante que vocês se concentrassem na folha de papel! — falei, irritado.

— Sim, senhor! A gente faz tudo o que o senhor mandar — ironizou Alice.

Todos se calaram. O clima estava tenso. Alice estava com raiva de mim porque eu "tinha passado o dia todinho na frente do computador" e não tinha lhe "dado atenção", como ela mesma me disse pelo telefone.

— Esse nome... — disse Bola quebrando o silêncio. — Esse nome, Marcos Winterforgues, não é estranho, não. Já ouvi falar...

— Internet — sugeriu Jonas. — Por que é que em vez de ficar perdendo tempo aqui "sentado", a gente não pesquisa logo o nome na internet de uma vez?

— Boa! — falou Bola e se levantou na direção do computador.

Palito, Daniel e Jonas foram com ele. Zeca tomou a folha de papel na mão e Alice se aproximou dele para ler. "Ela tá fazendo de propósito? Alice tá junto de Zeca pra provocar ciúme em mim?", pensei, franzindo a testa.

Chateado, me levantei e fui sentar no sofá. Em seguida, apanhei o dicionário e procurei pelas palavras incomuns que constavam no poema.

"Sortilégio" queria dizer algo como "feitiço". "Compungido", significava "triste", "constrangido". Até aí, sabia. Quanto a "medrar", podia ser entendido como "crescer", "brotar". E "desterro", como "exílio". Não encontrei o significado da palavra "fichal" ou "fichais".

Sabia que o poema em questão era um soneto — fraquíssimo, por sinal —, uma forma muito usada pelos parnasianos e que me desagradava. Os poemas que me interessavam eram os de Mário de Andrade, Drummond, Bandeira, Manoel de Barros ou de poetas que, ao menos no tema ou pelo humor, inovassem, como Castro Alves, Augusto dos Anjos, Gregório de Matos.

Para mim, o soneto era uma forma antiga; os parnasianos e a poesia anterior cheiravam a coisa velha. Mas

Memede adorava Bilac e ainda outros poetas considerados menores, como Alberto de Oliveira, Teófilo Dias, Adelino Fontoura e Martins Fontes. Gostava dos românticos, endeusava Gonçalves Dias. Tinha uma queda por Cruz e Souza.

O que aquele poema tinha a ver com seu sumiço? Envolvido por esse pensamento, permaneci no sofá durante cerca de trinta minutos, sem perceber o que ocorria a meu redor. De olhos fechados, ouvia as vozes de meus amigos como um ruído distante. Não percebia que estavam todos aglomerados em volta do computador, discutindo o que haviam encontrado na internet sobre Marcos Winterforgues.

De repente, o barulho cresceu, as vozes estouraram como numa comemoração de gol: gritos, frases desencontradas.

Levantei de súbito e vi os rostos dos meninos todos virados para mim, numa mistura de espanto e alegria. Bola então me disse:

— João, você não vai acreditar no que a gente descobriu! Prepare as malas. A gente precisa fazer uma viagem.

5.
A DESCOBERTA

O que os meninos descobriram era uma história intrigante. As páginas de busca da internet estavam cheias de matérias de jornais e revistas sobre o tal Marcos Winterforgues.

Cinco anos atrás, ele tinha sido preso em Agoutono — cidade do interior do estado —, acusado de corrupção, lavagem de dinheiro, envolvimento com o narcotráfico, trabalho escravo e exploração de crianças.

Era um ex-milionário francês, de 61 anos, que havia chegado ao Brasil cerca de vinte anos antes e, após morar no Rio de Janeiro, instalou-se em Agoutono. Winterforgues construiu uma mansão semelhante a um castelo, comprou fazendas e uma indústria, que ampliou e modernizou.

Com o tempo e a compra seguida de estabelecimentos comerciais e residências, que reformava a seu gosto, foi modificando a cara da pequena cidade. Chegou a ser dono de quase 100% dos imóveis de Agoutono.

Foi prefeito da cidade por duas vezes. Por fim, acabou construindo uma escola chamada Abolição, muito grande, rica e aparelhada com a mais moderna tecnologia: computadores velozes e diversas máquinas, novíssimas, encomendadas na Europa — coisas nunca vistas antes por aquelas bandas.

Assim, alunos de toda a região próxima a Agoutono vinham à cidade para estudar na Abolição, que além do mais não cobrava mensalidade, era gratuita. E a fama da escola foi crescendo ao longo da década de 1990.

Muitos queriam conhecer a instituição que, segundo se contava, possuía um teatro, cinema e até um museu em suas dependências, além de dormitório para os estudantes que não tinham onde morar na cidade.

Mas tudo começou a mudar cinco anos atrás, quando um funcionário do colégio acusou Marcos Winterforgues de distribuir drogas e de usar os alunos como trabalhadores escravos em suas empresas e fazendas.

Logo se somaram outras denúncias contra o empresário e a imprensa afluiu em peso para Agoutono. Por isso Bola não tinha achado o nome Marcos Winterforgues estranho. Deve ter visto notícias sobre ele na época do escândalo.

A polícia entrou no caso e acabou descobrindo que, além de explorar crianças e participar do tráfico de drogas, Winterforgues praticava lavagem de dinheiro e desviara verbas da prefeitura à época em que havia sido prefeito. Como resultado, o empresário foi preso e acabou perdendo suas propriedades.

Winterforgues era descrito pelos jornalistas como um homem de comportamento "estranho". Usava "roupas aberrantes", "chapéus extravagantes" e andava "apoiado numa bengala de cabo de prata ou marfim". De voz "às vezes estridente, às vezes rouca", "agitado", o empresário "falava alto", "comia muito e com as mãos" e gargalhava "estrondosamente".

Ainda segundo os repórteres, havia transformado a cidade num "grande circo", com suas construções e reformas frenéticas, enchendo-a de casas e edifícios "bizarros, esquisitos" e atulhando as ruas com "obras inúteis".

Por outro lado, parecia ser "afável" com as crianças. Pelo menos, "vivia distribuindo doces e presentes" entre elas. Também "gastava horas conversando com os moradores locais", não importava a que classe social pertencessem.

Porém, o interessante no caso é que o repórter que havia descoberto e divulgado a história da Abolição era ninguém menos que Memede Carvalho. Isso mesmo, o tio de Palito.

O soneto escrito por Memede, portanto, se referia ao episódio na Abolição. E a prova definitiva disso acabamos descobrindo ao consultarmos um mapa do estado de Pernambuco: a cidade em que supostamente havia ido passar as férias ficava a apenas cinco quilômetros de Agoutono.

Não tínhamos mais dúvidas. O tio de Palito não havia saído de férias coisa nenhuma. Algo o tinha levado de volta a Agoutono, a cidade onde anos antes havia trabalhado como repórter.

O que procurava? Por que havia sumido? Essas eram as perguntas que estavam em nossas cabeças. Para respondê-las, só havia uma alternativa: ir até o local do crime.

E foi exatamente isso o que fizemos numa sexta-feira, dois dias após nosso encontro na sede do Clube. Fizemos nossas malas às pressas, cada um arranjou uma desculpa em casa para passar uns dias fora e compramos as passagens.

Como estávamos de férias, não foi uma tarefa muito difícil convencer nossos pais e parentes a nos deixarem viajar. Nem mesmo meu avô, que reclamou um pouco, mas acabou consentindo.

Agoutono ficava a apenas duas horas de viagem do Recife.

6.
A VIAGEM

Nossa primeira surpresa aconteceu assim que subimos no ônibus. Lígia Tales, nossa professora de português, era um dos passageiros — estava sentada no segundo banco à direita.

— O que vocês estão fazendo aqui?

Eu não gostava muito dela. Lígia era uma professora rígida, preocupada com a correta colocação dos pronomes e a concordância nas frases. Ora, por influência de Memede, eu tinha passado a ler vorazmente e, como disse, gostava dos poetas modernistas, aqueles que subvertiam a escrita considerada "correta".

Lia muito Mário de Andrade, um intelectual que estava interessado exatamente em escrever num "português brasileiro", que desprezava os formalismos de nossa língua herdados de Portugal.

Já tinha lido alguma coisa sobre o assunto e sabia que, ultimamente, os professores mais progressistas evitavam classificar como "correto" apenas aquele português que a gramática ensina. Sabiam que usamos a língua de acordo com a situação.

Se estamos conversando com amigos, usamos gírias.

Numa prova de colégio, escrevemos de maneira mais formal. Também se notam diferenças entre o português falado em Pernambuco e aquele falado no Rio Grande do Sul, por exemplo. Entre pessoas de classe média e mais pobres. Entre pessoas mais velhas e mais jovens. E assim por diante.

A língua varia de acordo com quem fala e onde ou quando fala. Para esses professores e estudiosos, não há uma língua "certa", que todos devem tentar imitar. Mas Lígia não entendia essas nuances e preferia corrigir até mesmo o português que falávamos nos corredores do colégio, o que me irritava.

— O que vocês estão fazendo aqui? — ela repetiu.
— Também vão a Agoutono?
— Si-sim — respondi. — E a senhora, o que vai fazer lá?
— Eu gosto muito da cidade. É belíssima, um ótimo local para passar as férias. Mas, que coincidência!

Além dos integrantes do Clube e da professora, havia alguns poucos passageiros no carro. Sentado no fundo estava um casal de agricultores: uma senhora de rosto chupado e cheio de cicatrizes, com lenço na cabeça, e um senhor de chapéu de palha, com barba de pêlos grossos, semelhante a uma ilustração do personagem principal do livro *O velho e o mar*, de Ernest Hemingway, que tinha lido certa vez.

Depois, havia um homem de meia-idade de olhos claros, pele bastante branca e corpo atlético, que vestia uma camisa estampada de turista estrangeiro. Em seguida, vinha uma jovem de vestido amarelo, curto e colado, que parecia nervosa e dava de amamentar a uma criança de colo.

Por fim, já à nossa frente, ficava uma dupla de bêbados, que falou alto e cantou quase a viagem inteira, mas que dormiu, roncando e babando, com as cabeças pendendo sobre o encosto da poltrona, assim que deixamos a estrada asfaltada e pegamos um pequeno declive no meio dos matos.

Àquela altura, já tínhamos gasto mais de uma hora e meia de percurso. Eram cerca de seis horas da tarde. E estranhamos que o caminho não fosse de barro, como esperávamos, mas coberto por uma camada de pó muito branco, parecido com cal ou talco.

A impressão que tínhamos era a de estar deslizando sobre uma camada de gelo. À medida que o ônibus avançava, a poeira se desprendia do solo como névoa, refletindo a luz alaranjada do sol que se punha no horizonte.

A estradinha era circundada por plantas e altas árvores de ambos os lados, dando a impressão de que entrávamos numa espécie de túnel, no meio de uma floresta ou selva. Lá em cima no céu, as primeiras estrelas da noite brilhavam intensamente.

Seguimos pelo caminho estreito que, sempre descendo, dava voltas e mais voltas, como uma imensa escada em caracol. Passamos mais de meia hora girando naquela rota esbranquiçada e esfumaçada, rodeados pela mata escura, sem enxergarmos muito bem. Estávamos lentamente circulando a cidade, que ficava num vale, lá embaixo.

Entre ramos de árvores e folhas, ela aparecia como uma profusão de pontos luminosos, como se estivesse no fundo de um vulcão. Não conseguíamos enxergar ainda suas casas ou ruas.

Mais próximos de nós, no meio da vegetação negra e sombria, começaram a surgir focos de fogo. Vultos se mexiam ali dentro como por trás de uma cortina. Ouvimos tambores, como num ritual de candomblé. A eles se juntaram acordes de instrumentos de corda: harpas, violinos, violoncelos. E passos, que não distinguíamos se eram de gente ou de bicho.

— Ui, ai, ui! Tô com medo, Bolinha! — disse Palito, se segurando no pescoço do amigo com seu jeito estabanado e, sem querer, batendo com a mão no rosto dele.

— Deixa de besteira, medroso! — Bola falou, empurrando o outro.

Mas logo vimos uma revoada de morcegos, que bateram nos vidros das janelas, arrancando gritos dos passageiros. E foi a vez dele se segurar na camisa de Palito:

— Ai, meu Deus do céu!

— Ui! — completou o outro.

A não ser por algumas poucas lâmpadas de leitura acesas no teto, o interior do ônibus estava completamente escuro. Eu viajava ao lado de Lígia. Atrás de minha poltrona estavam Bola e Palito. Do outro lado do corredor, Jonas e Daniel faziam companhia a Zeca e Alice.

— Não tenha medo, Palito. Não há por que ter medo — disse Lígia, virando para ele e falando de um jeito doce, como era seu costume. Em seguida, completou: — E, além do mais, não se diz "tô com medo" e, sim, "estou com medo".

Ouvindo aquelas últimas palavras, Palito olhou para a professora com os olhos arregaladíssimos, como quem encara um extraterrestre recém-chegado à Terra. Então ele 'tava' ali ou 'estava' ali morrendo de medo e ela vinha corrigir o português dele?!

Ri, vendo a cena. Mas uma gargalhada conjunta de Zeca e Alice me fez virar a cabeça para eles. Alice estava indo longe demais na sua tentativa de me causar ciúme. Aquele apego com Zeca, que ainda por cima era seu ex-namorado, estava me tirando do sério.

Tentei me controlar e desviei a vista, encarando Jonas e Daniel, calados em suas poltronas. O Clube já não era mais o mesmo, pensei. E, em seguida, me lembrei de vovô e de vovó, da doença dela e de como minha relação com ele também não ia nada bem.

Pensava nisso quando ouvimos um grito. Um grito horrível, que foi respondido por um berro de pânico do motorista. O ônibus freou de repente. Nossos corpos foram atirados contra o estofado das poltronas à nossa frente.

Eu me levantei e corri para a frente do veículo, onde o motorista estava trêmulo, pálido. Na estrada, empatando a passagem, havia um homem, jovem, montado numa motocicleta toda revestida de penas. Vestia um casaco de veludo em que havia costurado lenços coloridos, que pareciam milhares de bandeirinhas tremulando ao vento.

Seu rosto estava pintado de tinta amarela. Seu cabelo, encaracolado e longo, dividido ao meio: metade caía sobre os ombros, metade estava preso num pitó que subia como um chifre.

Faltavam três dentes em sua boca. Usava um grande brinco de argola dourado, pendurado na bochecha. E, agitado, levantava uma longa espada prateada que brilhava à luz da lua cheia, recém-saída.

Olhando bem nos meus olhos, gritou novamente:

— Desgraça! Desgraça feita! Desça! Oh! Desça! Todo mundo! Aia! Eh! Quero *sangre, sangre*!

E soltou uma gargalhada.

7.
MENINO DE ESPADA DE PRATA

O pó branco da estrada subia com o vento, que se tornava mais intenso agora, e pairava ao seu redor, numa espécie de redemoinho. A luz da lua incidia sobre o motoqueiro, acendendo as cores de sua roupa e realçando seus traços.

Os pêlos do meu corpo se arrepiaram. Fiquei paralisado, hipnotizado pela cena. O homem então acelerou a moto e avançou pelas laterais do ônibus, urrando palavras incompreensíveis e golpeando e arranhando a lataria com a espada.

— Saiam! Desçam! Uoiô! Uh-ra-rá! Uh-rá!

A certa altura, não sei como, saltou do veículo barulhento que guiava e conseguiu escalar o topo do nosso. Passou a correr de um lado a outro do teto, com passadas pesadas, sapateando, tentando abri-lo com a ponta afiada de sua arma.

—Venham, veeenham! *No tienen* como fugir! Uô! Eh!

Por fim, saltou de volta ao chão e tomou como alvo a porta do carro. Dava chutes vigorosos nela com suas botas, em cujos bicos havia duas brocas.

— Vou entrar! Vou entrar! *Sí*! *Voy*! La-le-lê! Uuuuuh!

Com seus pontapés, murros e golpes, conseguiu quebrar o vidro da porta. Faltava pouco para que entrasse no ônibus.

Eu não conseguia pensar em nada. Continuava mudo, observando as atitudes dele. Os outros foram para o fundo do veículo, onde se aglomeravam os demais passageiros. E agora todos gritavam por mim, ansiosos:

— João! Vem, João!

Ouvia aquilo mas não me decidia. Enquanto isso, o sujeito forçava a porta, que estava prestes a arrebentar. Em função de minha localização, eu seria seu primeiro alvo. Depois viria o motorista, que também permanecia imóvel, sentado em seu banco.

Foi então que Jonas, com toda a delicadeza que lhe é peculiar, correu em minha direção, gritando:

— Tá doido é, João?

E me empurrou para trás de si. Em seguida, falou pro motorista:

— Sai daí!

Levantou o pobre homem pelos ombros, tomou seu lugar no banco e ficou mexendo na marcha, no volante e na chave, tentando fazer o ônibus pegar.

Quando finalmente deu partida, o lunático já havia conseguido quebrar a porta e colocava o pé dentro do veículo, berrando:

— É o fim pra vocês! O fim! Ih-on! *Desgracia*! Eh-ah!

Aos sopapos, Jonas conseguiu arrancar com o veículo. O homem se agarrou no corrimão da entrada. Nosso amigo acelerou. O ônibus cortou pela estrada estreita, saltitando ao bater contra os buracos, levantando a poeira branca que entrava pela passagem aberta como um vendaval.

Nós nos segurávamos como podíamos nos braços e encostos da poltrona, chacoalhando contra o chão, batendo a cabeça na prateleira reservada às bagagens. O intruso permanecia agarrado ao ferro com os pés do lado de fora do carro. Parecia voar. E berrava:

— Deixem! Saiam! Ran-ran! *Desgraciados*! *Voy* levar vocês pro colégio!

Por fim, retomou o equilíbrio e ficou de pé. Gargalhando, prosseguiu na direção de Jonas que, percebendo a aproximação, pisou no freio com toda a força, atirando o homem na rua, pelo vão da porta.

Com o empuxo, nós também fomos jogados no chão do veículo e sobre as poltronas. Jonas logo tornou a passar marcha e a acelerar a toda velocidade. E assim finalmente conseguimos deixar a esquisita figura para trás.

— Corre, Jonas! Rápido! — pediam os meninos.

Nosso amigo fazia o que podia, e era muito para quem nunca havia dirigido um carro antes. O ônibus sambava entre as margens da estrada em alta velocidade.

Enquanto nos afastávamos, observei o corpo do outro estirado no solo. Parecia uma múmia, inteiramente coberto pela poeira alva. A espada estava a alguns passos dele, que esticava os dedos na tentativa de alcançá-la.

Então senti que alguém me abraçava pela cintura. Era Alice. Encostou a cabeça em meu ombro e me apertou com força. Tive um sentimento confuso, do tipo que vinha tendo há algum tempo: um misto de alívio e raiva.

— Cuidado! Cuidado! — gritou Palito, que àquela altura já havia subido nas costas de Bola. Com uma mão tapava os olhos por sobre os óculos, com a outra segurava o nariz do amigo. — Olha a pedra, Jonas! A pedra!

De fato, em nosso caminho surgia uma imensa rocha. Sem conseguir controlar o ônibus, Jonas seguia direto em sua direção.

— Cuidado! Tu "vai" bater! Ai, meu Deus! Socorro!

Palito se esgoelava. Bola tentava se equilibrar com o peso dele nas costas. Daniel estava jogado sobre o colo de um dos bêbados. O outro protegia a mãe com o filhinho. O casal idoso estava abraçado.

Já Lígia, que havia se enfiado de cabeça para baixo no vão entre duas poltronas, parecia plantar bananeira. Estava descabelada, sem sapatos, o rosto vermelho. Ainda assim, com toda a confusão, ela arranjou tempo para corrigir, com voz sumida:

— Tu "vais", Palito! O certo é "tu vais bater"!

Seja como for, a verdade é que Jonas ias, digo, ia bater mesmo e só no último instante conseguiu desviar da rocha. O ônibus inclinou quase ao ponto de capotar, mas enfim voltou à posição inicial.

— Freia essa joça! — gritou Daniel.

— Não consigo! — respondeu Jonas.

— Ai, meu Deus! A gente tá sem freio!

— Está! Está! — corrigiu Lígia, de cabeça para baixo.

Descendo em alta velocidade, chegamos a uma bifurcação da estrada e avançamos para o interior de um túnel de pedra. Ao final dele, batemos contra um portão pesado de ferro, coberto de heras e plantas. E avançamos mais um pouco, até pararmos sobre a areia fofa de um terreno amplo e deserto, como uma clareira no meio da selva.

Estávamos perdidos.

8.
PERDIDOS

A primeira coisa que ouvi ao me levantar foi Palito fazendo uma contagem enquanto apalpava o próprio corpo:
— Um, dois, três...
— Que é isso, Palito? — perguntou Zeca.
— Tô vendo quantos ossos sobraram...
— Sai de cima de mim! — falou Bola sem fôlego, atirando-o numa poltrona.
Coloquei Lígia novamente em posição vertical e meus amigos ajudaram os outros passageiros. Ninguém havia se ferido gravemente. Nem mesmo o bebê. Mas talvez a mãe estivesse com o pé quebrado.
— O ônibus perdeu o freio! — falou Jonas vindo lá da frente.
— Ainda bem que tu "avisou" — disse Palito ironicamente.
— Avisaste — corrigiu Lígia, com a maquiagem toda borrada.
— Eu te salvo, magrelo, e tu ainda "reclama"? — falou Jonas, meio bravo.

— Que é isso, Joninhas! — sorriu amarelo Palito, meio com medo.

— Valeu, Jonas! — disse Zeca, tocando a mão do companheiro. — Se não fosse você, a gente já era!

Em seguida perguntei, sussurrando para meus amigos:

— Vocês ouviram o que aquele motoqueiro falou?

— Ele disse alguma coisa sobre um "colégio" — vibrou Alice.

— Exatamente. Memede também faz referência a um colégio no poema.

— E a um menino de espada de prata! Ele tava falando desse cara!

— Sem dúvida. A gente precisa saber quem é esse sujeito e se ele tem a ver com o sumiço do tio de Palito.

Naquele instante ouvimos um lamento surdo. Vinha do motorista, que estava sentado numa poltrona, de olhos arregalados, ainda tenso. Era um senhor barrigudo, negro, de cabelo e bigode ralos. Vestia a farda da empresa de transporte: uma calça azul com camisa branca de tecido e gravata listrada.

Eu me aproximei dele e perguntei:

— O senhor está bem?

Ele se virou espantado:

— Eu não sei onde a gente tá. Aqui não é a cidade. Esse lugar é perigoso. Eu não queria fazer essa viagem.

A gente tá "perdido". A gente tá "perdido"! — insistiu, se levantando aflito e me segurando pelos ombros.

— Não se preocupe. Vai acabar tudo bem — falou Alice, batendo as mãos nas costas dele.

Como se houvesse sido combinado, assim que ela acabou de falar, ouvimos uma explosão ao longe. Labaredas subiram no espaço. Olhando pelas janelas do ônibus avistamos uma enorme fogueira na encosta de uma serra.

— Que é... isso? — gaguejou Palito.

— Só descendo pra saber — falei.

— E se... aquele doido voltar?

— É perigoso, João! — falou Alice.

— É, João! — completou Bola.

— É, João! — insistiu Palito.

Não sabia o que responder. Quanto a gente havia andado desde que o motoqueiro interrompera a viagem? A impressão é de que tinha sido muito. Mas não tinha uma idéia exata. Talvez ele ainda estivesse por perto. Em todo caso, não podíamos ficar no ônibus a vida inteira.

— Será que o senhor consegue consertar o ônibus? — perguntei ao motorista.

— Pode deixar que eu resolvo tudo! — disse um dos bêbados se aproximando e batendo no peito como um herói. — Eu e meu irmão ali, a gente entende de mecânica como ninguém, meus queridos. Jano, vem cá!

O outro bêbado se levantou da poltrona onde estava e fez menção de se adiantar, mas acabou caindo de volta. Tornou a ficar de pé com dificuldade e avançou cambaleando em nossa direção, gesticulando muito:

— Isso é bronca besta. A gente vai resolver o problema num minuto. Vamos, Gil.

Os dois se abraçaram e seguiram para a dianteira do ônibus aos trancos e barrancos, batendo nos braços das poltronas. Só agora eu percebia que eles eram irmãos gêmeos: tinham um cavanhaque, costeletas crescidas, usavam camisas justas, bermudas longas estilo *grunge* e sandálias de dedo.

— É uma pena que o ônibus não seja movido a álcool, porque se fosse a gente teria combustível suficiente pra uns três dias de viagem — disse Palito, cobrindo o nariz com a camisa por conta do bafo dos dois.

O turista estrangeiro também se levantou e veio até nós.

— Estar *tuda* bem com vocês? — perguntou. Dissemos que sim. Ele continuou: — Então eu *ir* ajudar elas!

Seguiu reto atrás dos irmãos. Lígia agora estava ao lado do casal de velhinhos e da mãe, que sentia dores no pé.

Naquele instante, ouvimos uma nova explosão. Outra fogueira havia sido acesa na serra, dessa vez mais próxima da base, a poucos passos de nós. A luz projetada por ela iluminou o ambiente ao nosso redor.

— Ai, ai, ai! Que... é... isso? — gritaram Bola e Palito quase ao mesmo tempo.

Então, como se estivéssemos dentro de um aquário, com as chamas da fogueira dançando nos vidros do ônibus e em nossas pupilas, pudemos observar pela primeira vez, atentamente, o local onde estávamos.

Ele era amplo como uma arena romana, forrado com areia de praia e circundado por rochas muito altas. No meio delas havia uma caverna e, ao seu redor, estava disposta uma série de móveis e utensílios. Entre os quais, um mastro de navio dentro de um jarro de porcelana, um sofá vermelho, um triângulo de mármore cravado no chão, uma bacia de prata e uma árvore seca e sem folhas onde estavam penduradas dezenas de capas de livros.

A fogueira havia sido acesa na entrada da caverna e gerava inúmeras sombras.

— Não tô gostando nada dessa história. Nadinha — resmungou Daniel.

— Nem eu, Danielzinho — tremeu Palito.

— Deixa de ser medroso, magrelo — disse Jonas.

— É. Deixa de ser medroso, rapaz — reprovou Bola, também trêmulo.

— Vamo' ver o que é isso — chamou Jonas e se dirigiu à porta.

Eu fui atrás dele, incomodado pelo fato de estar liderando o grupo. Alice e Zeca nos acompanharam.

— Meninos! Meninos, não saiam daqui! — gritou Lígia, correndo com o bebê nos braços.

Sem dar ouvidos a ela, passamos pelos gêmeos, que tentavam pôr o ônibus em funcionamento e discutiam da seguinte maneira:

— Isso não é a marcha, a marcha é isso aqui, ó.

— Não, não. Isso é o freio de mão. A marcha é aquilo.

Um apontava para a embreagem, o outro para o botão de luz alta. Enquanto isso, o gringo estava do lado de fora, mexendo no motor.

E foi quando nos aproximamos dele, para investigar o cenário louco e um tanto macabro que havia surgido diante de nós, que um ser inacreditável saiu de trás de um arbusto na encosta da serra, dando cambalhotas, girando, pulando e gritando, com a boca cheia de baba e uma enorme lança medieval na mão:

— Iô-iô! Fiu-fiu! Intruuusos! Intrusos! Atacar!

E correu em nossa direção, guinchando.

9.
NOVO ATAQUE

A criatura, que não sabíamos ao certo como definir, corria desesperadamente, meneando a lança de um lado a outro. Palito gritou:
— É o diabo!
E tentou sair correndo. Mas Bola, que estava paralisado de pânico, se abraçou a ele e os dois ficaram presos no mesmo canto.
— Me larga!
— Ai!
— Me solta!
— Socorro!
— Ajudem!
— *Rélpi*!
Alice me deu a mão e nós corremos para trás do ônibus, seguidos de Jonas e Zeca. O primeiro dizia:
— Vai, Jonas! Anda!
— Eu, não. Quero ver esse bicho me enfrentar — respondia o outro.
— Tá doido! Vamo' embora! Corre!
— Vou ficar!

— Ficar nada!

Conseguimos nos esconder ali, enquanto o "diabo" se aproximava. O gringo, todo sujo de graxa, veio se juntar a nós.

Quando a figura chegou mais perto, pudemos finalmente ver seu corpo inteiro e seu rosto. Era uma mulher de pele negra, olhos azuis, gorda, de uns quarenta anos. Seu cabelo estava dividido em longas e grossas tranças rastafári, presas na nuca com um nó dado com uma fita de seda. Seus brincos eram dois longos sargaços.

Usava um saco de plástico transparente cheio de flores e folhas no topo da cabeça, como uma coroa. Seu tronco estava coberto por uma bata vermelha e decorada com dezenas de pedaços de alumínio de tamanhos variados, que refletiam a luz da lua.

Tinha amarrado cordas ao redor das pernas, de cima a baixo, de maneira que elas pareciam mais um tronco de árvore. Calçava uns sapatos vermelhos de salto alto e bico fino. Seus braços nus estavam marcados por uma série de símbolos, pintados de rosa ou bege.

Como se não bastasse, vestia uma espécie de minissaia feita de um grande chumaço de algodão. E, como cinto, trazia uma faixa grossa de pano verde manchado de marrom, onde estavam penduradas xícaras de porcelana.

— Ai, meu Deus! Ai, meu Deus! Ai, meu Deus! — gritava infinitas vezes Palito, que havia finalmente conseguido convencer Bola a correr e agora se escondia embaixo do ônibus, junto com o amigo.

A mulher tinha chegado a cinco passos de onde estavam. Girava a cabeça de modo frenético, como um passarinho. E o mais curioso é que era manca e andava de lado, como um caranguejo, sempre balançando a lança na mão e perscrutando o ambiente num ritmo alucinado.

Enfiando a cabeça debaixo do carro, esbravejou num estranho dialeto:

— *Ucês tan percurando* Naná? Ieh, ieh? Quem *voi* que *les* disse a vossas *mecês* que podia *entrá ansim* na casa de Naná? *Ain*? *Ain*? Pode não, *ioiô*. Pode não, *fio*. Esses território é *pruibido*, hum!

Falava isso cuspindo muito, com os olhos revirados para cima. E fazia uns esgares horríveis.

Mas o pior foi o que ocorreu em seguida. Da caverna que tínhamos visto pouco antes começou a sair uma série de vultos, vestidos da maneira mais extravagante. Pareciam seguir a mulher e vinham em nossa direção, alguns dando cambalhotas, outros saltitando, outros ainda de costas. E cantavam, sussurravam, assobiavam, gargalhavam.

— É a volta dos mortos vivos! — berrou Palito, que àquela altura apertava tanto o pescoço de Bola que parecia disposto a quebrá-lo.

— *Ucês* vai pagar porque veio a nossas terra de *deis-*

terro, hum, hum! Sim *senhoirio*! Vem, vem cá! Vai pagar cada um! Uh, uh! — gritou a outra mais uma vez, enfiando a lança debaixo do ônibus, como quem tenta atingir um bicho.

Naquela hora, Gil e Jano desceram do carro, ainda bêbados e cambaleantes, e perguntaram, indignados:

— Mas que barulho é esse?

— Não se pode nem consertar o veículo em paz?

Ao ouvir aquilo, a mulher mudou de alvo e correu na direção deles, com a lança em riste. Os dois ficaram com cara de quem tinha visto a morte em pessoa e, pálidos, tentaram recuar. Mas um acabou tropeçando no outro e ambos caíram de costas no chão.

Correndo de lado e mancando, ela então se aproximou deles e desferiu um golpe como se a lança fosse um tacape. Errou da primeira vez: a ponta da arma passou a poucos centímetros da cabeça de Gil.

— Me desculpe, minha senhora! Foi sem querer! — diziam os bêbados.

Mas de nada adiantava. Ela tentou de novo e de novo. E acabaria por acertar um dos dois, quando foi interrompida por uma voz:

— *Paira* com isso, Naná! *Paira* com isso agora!

Nós nos viramos na direção de quem falava e avistamos um sujeito vestido num paletó preto. Usava um chapéu de feltro na cabeça, tinha um cachimbo no canto da boca e empunhava arco e flecha, todos pretos também.

Ele estava de pé em cima de um bugue — preto — de rodas muito maiores e mais grossas que o normal. Um pé seu estava apoiado no banco do motorista, o outro sobre o volante.

Preocupados com a mulher, não tínhamos percebido o carro se aproximar.

— *Lairga* os moços, Naná! *Lairga*! — repetiu o homem, com um olho fechado para fazer mira e o mesmo jeito curioso de falar.

Ela então parou o que fazia e se virou com cara de menino que leva bronca da mãe. Em seguida, se desculpou choramingando:

— Eles entrou nos território nosso, Pitão, sinhô.

— *Cheiga*! Tá bom, Naná! Tá bom! Depois a gente *discuite* isso. Agora pra dentro, volta. Pra dentro *aigorinha* mesmo — continuou o sujeito. E olhando para as outras figuras que saíam da caverna e que a partir de sua chegada tinham ficado estáticas e mudas: — Vocês também. Já pra dentro!

Como num passe de mágica, todos se viraram e, de cabeça baixa, sem dizer uma palavra, retornaram para dentro da caverna. Inclusive o "diabo", com uma cusparada para o chão, em seu passinho lateral.

Quando haviam sumido, o recém-chegado desarmou

o arco e balançou a cabeça numa recriminação. Depois desceu do carro e foi na direção de Gil e Jano. Após ajudá-los a se levantar, acendeu o cachimbo e disse:

— Os senhores vão me *descuipando*. Esse povo não tem jeito.

E logo mudou de assunto:

— Meu nome é Pitão. Muito *praizer* — falou, tirando o chapéu. — Que foi que teve o ônibus?

Contamos a ele do ataque que sofremos do motoqueiro. Ele logo mudou de expressão:

— Tô caçando esse moço! Vou *peigar* "ele". Uma hora eu *peigo*, sim!

— Caçando? — quis saber Lígia, que havia descido do ônibus.

— É. Uma hora eu *peigo* "ele".

— A gente quer dar queixa na polícia!

— Polícia não tem aqui não, moça. Faz tempo que não tem polícia nessa cidade. Um tal de Winterforgue expulsou os policias daqui. Agora a gente só *cointa* com o chefe. O chefe pode ajudar vocês.

A referência a Marcos Winterforgues fez com que ficássemos alertas. Talvez aquele homem soubesse algo sobre Memede. Mas não seria o caso de perguntar. Não ali, pelo menos, na presença de Lígia.

— Primeiro nos mostre o caminho até nosso hotel, por favor. Precisamos descansar — disse a professora.

— Pois não. *Leivo* vocês na cidade.

Por incrível que pareça, Gil e Jano, com a ajuda do estrangeiro, haviam conseguido consertar o carro. Sendo assim, nós voltamos a nossos lugares e, mais mudos e espantados que os vultos que reentraram na caverna, seguimos o bugue de Pitão.

Logo atravessamos o túnel de volta e retomamos o caminho circular que conduzia a Agoutono.

— Vocês estão indo pr'A Volta? — perguntou nosso guia a certa altura do percurso.

— Sim — confirmou Lígia.

Eu e Alice nos entreolhamos. Só agora nos dávamos conta: A Volta, o único hotel da cidade, em que nós e Lígia havíamos feito reservas, havia sido citado também no poema de Memede.

De repente, as coisas começavam a fazer sentido.

10.
A VOLTA

A cidade ficava não propriamente num vale e, sim, numa súbita depressão, semelhante a um gigantesco buraco escavado pela queda de um meteoro. Um monte pelo avesso, na verdade, pois uma imensa parede de pedra, como talhada em bloco único, a circundava. Como já havia observado, parecia ter sido construída no interior de um vulcão.

O caminho circular descia pela encosta do penhasco e, agora que estávamos lá embaixo, víamos suas linhas de árvores e plantas floridas como um jardim suspenso, onde dançavam focos esparsos de luz amarela e fogo.

Uma visão poderosa. E a ela vinha se juntar a música de harpas, violas e tambores que ecoava desde as alturas e se espalhava homogeneamente pela planície.

A lua havia sido encoberta por nuvens carregadas e uma tênue chuva começava a cair sobre a paisagem, aumentando a escuridão. Ainda assim, conseguíamos ver a arquitetura de Agoutono, que tantos comentários gerara nos jornais. Era inacreditável.

Antes de mais nada, não havia ruas retas. As vias desenhavam curvas, subiam e desciam, paravam inexplicavelmente, desnorteando nosso motorista, que até então não havia se recuperado dos sustos anteriores.

Em vez de asfalto ou paralelepípedos, em seu revestimento eram usados palha, giz, quengas de coco ou fragmentos de tijolo. E elas eram muitas: cruzavam-se em todas as direções, circundavam as casas, entravam por túneis.

As calçadas, por sua vez, tinham sido construídas com um material negro como basalto, muito brilhante, que refletia a imagem dos passantes. Como as ruas, eram irregulares: tanto podiam ser rasteiras como elevadas, planas ou onduladas. E o mais interessante: tinham buracos deliberadamente construídos.

Por toda parte da cidade havia escadas: retas, em caracol, de madeira, gesso, vidro, argila. Levavam a passagens em paredes, a primeiros andares, ao subsolo. Enfim, se multiplicavam por toda parte, juntamente com arcos e túneis que atravessávamos a todo momento, abismados.

As casas e os edifícios eram indescritíveis. O primeiro que vi foi uma torre de uns doze metros. Tinha uma curva, como uma barriga no meio dela e, em seu topo, possuía um grande guarda-sol de plástico vermelho.

Em seguida, um conjunto de casinhas marrons, retangulares como caixas de sapato, sem telhado, que estavam meio enterradas no chão, ficando apenas com as janelas de fora — janelas triangulares, cobertas por cortinas roxas.

Sob arcos que se entrecruzavam observei, logo depois, uma residência que só tinha o teto e a parede dos fundos. Podíamos ver seus moradores em meio a móveis desproporcionais e deslocados: uma mesa menor que as cadeiras, um fogão em que as bocas ficavam à altura do peito de um adulto, uma banheira no meio da sala.

Adiante, enxerguei algo como um gasoduto de vidro, em cujo interior havia uma série de quadrados de madeira que, juntos, formavam o desenho de uma imensa colméia. Em seu topo havia bandeiras negras.

Do lado oposto, surgiu então uma estrutura vertical de seis andares mais ou menos, muito parecida com um prédio residencial. Mas ali as varandas não ficavam alinhadas e a distribuição dos apartamentos não obedecia a um padrão: havia andares com uma, duas ou três balaustradas, em distâncias assimétricas.

Mais além desse prédio, existia um bosque de árvores grossas e altas, cujos troncos haviam sido escavados na base, formando dezenas de passagens. No centro do bosque tinha sido construído um lago e no seu anterior, em vez de água, havia sal.

Em pátios, praças, jardins e nos vãos mais diversos, encontrávamos paredes de diferentes cores, desenhos e formatos, que se encaixavam confusamente. E, ainda, portais de vidro, vitrais no solo, perfurações em pedras, estátuas imensas, pinturas e pedaços de poemas escritos em fachadas.

A cidade era pequena, mas a infinidade de caminhos que a cruzavam e a proliferação de edifícios inusitados, o amontoado de detalhes arquitetônicos imprevistos, o colorido dos materiais empregados nas obras faziam com que parecesse maior.

Por fim, como ponto imprescindível para a composição do cenário, havia as roupas dos moradores locais que, acreditem, merecia um capítulo à parte. Eram capas, véus, máscaras, lenços, toalhas, bastões, botas, sobretudos, vidrilhos, argolas, um amontoado de bugigangas, trajes e adornos raros que, além do mais, eram usados em combinações as mais esdrúxulas — um excesso de pano e cor.

Foi cortando pelo meio desse universo estranhíssimo, seguindo o bugue preto de Pitão, que trafegava pelas vias do lugar como quem anda normalmente pelas ruas de uma cidade conhecida, que chegamos finalmente ao nosso hotel.

A Volta, evidentemente, era uma construção também curiosa. Ficava no centro de um arvoredo e parecia um irregular castelo de cartas: os cômodos se sobrepunham ali de maneira atabalhoada, atingindo a altura de quatro andares.

No topo da fachada havia uma espécie de gancho

de aço de que pendia um cabo. Ao final deste, tremulava uma bandeira de pano amarelo, com um desenho indecifrável formado por pequenas fitas coloridas.

Para entrar no hotel era preciso descer até um fosso. Ali, havia uma galeria subterrânea, cheia de pilares. Ao fundo dela, atingia-se uma escada de mármore, que se subdividia em outras escadas, que levavam a outras tantas portas. Apenas uma delas conduzia à recepção.

Pitão estacionou antes do fosso. Nosso motorista o imitou e nós, ainda mudos e boquiabertos, descemos do ônibus. Os demais passageiros seguiriam adiante. Jano e Gil se comprometeram a levar a moça até um hospital para verificar se havia de fato quebrado o pé.

— Pronto. Esse é o hotel. Se *preicisarem* de alguma coisa, é só me *chamairem* — disse Pitão, retirando o chapéu para se despedir.

Nesse instante, porém, um homem alto e forte como um levantador de peso profissional apareceu, vindo do fosso. Vestia uma longa túnica púrpura, uma camisa listrada de fazenda por baixo dela e, por cima, um casaco que imitava pêlo de urso.

Na cabeça, tinha um chapéu de feltro, amplo como um sombreiro, com uma pena na aba. Quanto à parte inferior do corpo, usava um short cinza de jogador de futebol. Num pé, uma bota de borracha de cano longo. No outro, uma alpercata de couro.

— Boa, oa, noite a todos! — falou sorrindo e mostrando os dentes azuis. — Meu nome, me, é Tilo. Sou o gerente. Sejam bem-vindos a A Volta. E então, tão, Pitão? Tudo, do, em ordem? Ah, já soube da notícia? Marcos Winterforgues fugiu da cadeia! E dizem, zem, que ele tá vindo pra Agoutono. Se é que já não tá aqui!

A notícia era impressionante. Minhas mãos gelaram na mesma hora.

11.
NOTÍCIA DE MARCOS WINTERFORGUES

Ao ouvir o que Tilo acabava de dizer, Alice se adiantou a todos nós e perguntou, como se não soubesse de quem se tratava:

— Quem é Marcos Winterforgues?

— Marcos Winterforgues é um antigo prefeito aqui de Agoutono — explicou Tilo. — Ele, le, fez essa beleza de construção que vocês vêem aqui. Aliás, fez a maioria das construções da cidade. Mas é, é, um homem perigosíssimo!

— *Roibou* dinheiro e *droigou* as crianças da cidade! — completou Pitão, cuspindo de lado. — E *agoira* o povo daqui vive assim, tudo *doidjo*!

— Esse Marcos Winterforgues é aquele que a gente leu sobre ele e Meme... — ia dizendo desastradamente Palito quando Bola tapou sua boca.

— Como, omo? Que, e, foi que você disse, meu amigo? — perguntou intrigado Tilo.

— Nada — respondeu Bola pelo outro. — É que ele é meio maluco, senhor. Não se incomode...

— *Mailuco*? — perguntou Pitão com os olhos faiscando. — De *mailuco* já basta o que nós "tem" aqui!

A situação ficou tensa. Pitão e Tilo se entreolharam. Um parecia incomodado com a presença do outro. Alice mudou depressa de assunto:

— E ele tava preso onde, esse Marcos Winterforgues?

— Tava numa cadeia da capital. E agora, ora, dizem que está voltando. Um perigo!

— É bom vocês *teirem* cuidado! — completou Pitão, entrando com um salto no bugue. — Quanto a mim, vou *voitar* ao trabalho. Boas noites!

Ele fez uma saudação com o chapéu e disparou pela rua abaixo. Tilo então disse:

— Muito, to, bem. Não liguem pro que ele diz. Os primeiros loucos daqui são ele e o chefe dele. Venham, am, comigo. Vou, ou, mostrar os quartos de vocês.

Em seguida assoprou um apito e três carregadores de uns quinze anos cada vieram correndo buscar nossas malas. Vestiam uma roupa toda branca que mais parecia um casulo, com abertura apenas para os braços e as pernas. Na cabeça, usavam um chapéu cheio de bolas.

Então Lígia, que tinha permanecido calada e emburrada num canto desde que descera do ônibus, se adiantou e, com a maquiagem borrada e o rosto transtornado de raiva, disse em seu português formal:

— Onde se encontram os mantenedores da ordem pública desta comarca? Faz-se necessário prestar uma queixa! Será possível, então, que sejamos atacados por um desvairado de moto e por um grupo de lunáticos travestidos como num sabá de bruxas e ninguém faça nada? Polícia! Queremos falar com as autoridades.

— Autoridades? — perguntou Tilo nervoso. — Vai ser difícil, ícil. A delegacia daqui foi fechada. Talvez se a senhora falar, ar, com o juiz...

— Juiz? — vociferou Lígia. — Mas como é que pode? Primeiro se fala com o juiz, antes de falar com a polícia? Inacreditável! Afinal, quem é aquele jovem que nos atacou?

— Jovem?

— Sim. Numa moto, portando uma espada.

— Ah, bem, bem... Não sei... — disse ele, mais tenso, como quem esconde algo.

— E aquela senhora que mais parecia uma medusa? Que local circular é aquele, lá em cima do monte?

— A senhora, ora, deve estar falando do Desterro. É pra lá que mandam os loucos.

Ouvimos a palavra com um frio na barriga, pois sabíamos que ela havia sido citada por Memede no poema. Mas não conseguimos fazer nenhuma pergunta, pois logo ouvimos um alarido e o som de passos se aproximando:

— Que é isso? — gritou Palito e se abraçou a Bola.

— Eu sabia que a gente não devia ter vindo a esse

lugar! — falou em seguida Daniel, cruzando os braços.
— É tudo culpa de João!

Os passos se aproximavam. Vinham do bosque que rodeava A Volta e um coro os acompanhava, como um grito de guerra.

— Malditos, itos! — disse então Tilo.

— E essa agora! O senhor poderia me explicar do que se trata? — falou Lígia.

— Cuidado, ado! Para trás!

Tilo nos protegeu atrás de si e avançou para a orla do bosque, girando no ar uma barra de ferro vermelha que tirou de dentro do casaco.

— Venham, enham, malditos!

Largou o casaco no chão e se colocou em posição de ataque. Seus muitos e volumosos músculos apareciam sob a camisa, ensopada com a chuva forte que caía agora.

— O senhor está indo para onde? Volte aqui! Dê-me uma resposta! — falou Lígia para ele, sem perceber que um novo evento espetacular estava prestes a se desenrolar diante de nós.

— Venha, professora! — falei e, com a ajuda de Jonas, trouxe Lígia, que continuava esbravejando, para perto do fosso, onde todos nos recolhemos.

Dali a segundos, uma multidão de crianças e adolescentes assomava à beira do bosque, enfeitadas com folhas secas, cascas de árvores e cipós. Estavam pintadas com uma resina brilhante e tinham um capacete de barro na cabeça.

Uma menina de cabelos castanhos, olhos claros e aspecto aterrador em função da maquiagem e da roupa deu um passo à frente e disse, sorrindo e mostrando os dentes ornados com pedras verdes:

— Oi, Tilo. Há quanto tempo! E então? O que é que você tem a nos dizer? E esses meninos, Tilo? Quem são? Eles já sabem do segredo? Já tinham ouvido falar nos Fichais?

Falava pausadamente, soletrando bem cada palavra e olhando para algum ponto perdido no espaço. Acompanhava o que dizia com movimentos leves dos braços, acima e abaixo da cabeça. Tinha voz grossa, distante. E uma cintilação sombria nos olhos cinza.

12.
OS FICHAIS

Ao ouvir a palavra "segredo", Tilo estremeceu e recuou um passo.

— Saiam, aiam, daqui! — falou hesitante.

— Por que o medo, Tilo? — voltou a menina, gesticulando e sorrindo ironicamente. — Você tem medo de um bando de crianças? Ou tem receio de que a gente conte o seu... o nosso segredo?

Risadas ecoaram entre os Fichais. O gerente recuou mais um passo.

— Me deixe, eixe, Meirinha! Saia daqui! Socorro!

A garota continuou no mesmo tom:

— Está gritando por quê? Por quem, Tilo? Não há ninguém por perto. Pelo menos, ninguém que possa te salvar.

Novas risadas.

— Não, ão, por favor! Me ajudem! — insistiu o homem.

Ele gritava desesperadamente, até que soltou a barra e caiu de joelhos no chão. A um sinal da líder, os Fichais fecharam o círculo a seu redor com passos lentos e ritmados que lembravam uma marcha.

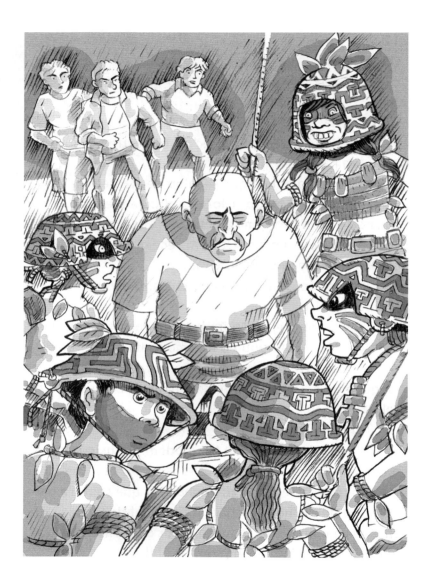

Vendo aquilo, Jonas saiu de onde estava e correu para socorrê-lo.

— Jonas, não! — falei.

Zeca seguiu atrás do amigo. Foi a vez de Alice dizer:

— Zeca, não!

Movido pelo ciúme, dei também alguns passos para fora do fosso.

— Alto! — falou Meirinha ao ver nossa aproximação. — Quem são vocês? Não se metam conosco!

— Vão embora! — ameaçou Jonas com uma pedra na mão.

— Deixem "ele" em paz! — emendou Zeca, fazendo o mesmo.

— O certo é: "Deixem-no em paz" — sussurrou Lígia seriamente, corrigindo ele, digo, corrigindo-o.

Confuso, avancei mais um pouco, atento aos movimentos dos Fichais.

— Parem! — voltou a ordenar Meirinha. — Vocês não têm nada a ver com isso. O assunto aqui é entre nós e Tilo... Não é, Tilo? Fiquem de fora ou vão se dar mal.

— Façam, çam, o que ela disse! — pediu o gerente num tom conformado, de olhos molhados e cabeça baixa.

— Saiam daqui! — falou Jonas mais uma vez e deu um passo para frente, seguido de perto por Zeca.

— Vai ser assim? — disse a líder de voz rouca. — Ótimo. Avante, Fichais!

O círculo de garotos e garotas voltou a se mover, estreitando-se. Eu me adiantei e tentei falar com Meirinha:

— Calma! Será que a gente não pode conversar? Quem são vocês, afinal?

— *Eu* fiz essa pergunta — respondeu ela na mesma hora.

— Tudo bem. Calma. Nós somos estudantes. Viemos de férias a Agoutono.

— Férias? Aqui? Não pode ser — disse com a mesma presteza. — Todo mundo evita esse lugar, por motivos óbvios. Por que com vocês seria diferente?

Falava com a voz firme de quem sabia que eu estava mentindo. Seus olhos miravam um ponto perdido no espaço.

— Em frente! — continuou, para seu séquito. — A gente precisa ter uma conversa com o velho. Não é, Tilo?

Os Fichais riram e se adiantaram.

— Socorro, orro! — gritou o homem, que permanecia no chão.

— Voltem! — ameaçavam Zeca e Jonas.

— Façam alguma coisa pelo amor de Deus! — berrou Bola de dentro do fosso.

— Alguma coisa! Pelo amor de Deus! — repetiu Palito a seu lado.

— É cada uma! — falou Daniel, vindo para perto de nós juntamente com Alice.

— Voltem para cá, meninos! Agora! — chamou Lígia. — Parem com essa discussão de crianças. Não serve para nada. Que absurdo! Venham! Voltem!

Os Fichais realizavam um estranhíssimo "exercício militar": encostavam e afastavam os joelhos, se agachavam, se levantavam, esticavam e recolhiam as pernas. E mantinham as mãos atrás do corpo, como se escondessem algo. Seus pés estavam envoltos em panos grossos, de que pendiam pequenos chocalhos de palha.

Meirinha continuava na orla do bosque, sorrindo, e parecia não prestar atenção ao que ocorria.

— Eu vou jogar! — insistia Jonas, sem conseguir com isso frear o avanço dos opositores.

Quando eles estavam a dois ou três passos, Jonas se inclinou para atirar a pedra. Mas antes que tivesse oportunidade de jogá-la, nós escutamos roncos de motores, seguidos de um som fino de apitos.

Meirinha recolheu o sorriso dos lábios e deu a ordem:

— Retirada!

E assim como tinham chegado, os Fichais recuaram. Antes de sumirem, no entanto, voltaram-se mais uma vez contra nós e, finalmente revelando o que guardavam nas costas, atiraram bexigas de plástico cheias de um pó vermelho, que explodiram em nossos corpos e nos cegaram.

Sem conseguir enxergar quem se aproximava, ouvimos freios de automóveis. E vozes de gente que descia de carros.

— Foi daqui? Foi, não foi? Foi?
— Deve ter sido. Sim, daqui. Foi ou não?
— Sim, foi, ou não foi? Daqui?

Tentava abrir os olhos mas eles ardiam, encharcados de produto químico.

— Quem é que tá aí? — gritei.

E em resposta ouvi as mesmas vozes:

— Foi daqui ou não foi? Hein?
— Foi? Ahn?
— Acho que foi. Ou não foi?

Junto com elas, escutava espirros e lamentos dos membros do Clube.

— Essa coisa arde muito! — reclamava Jonas.
— Tenho certeza que fiquei cego — dizia Daniel.
— João! Cadê você? — falava Alice.

Aos poucos a visão ia voltando. Quando pude enxergar, vi que estávamos sobre uma grande poça de tinta vermelha que se espalhava, engolindo os pingos da chuva. Tilo permanecia no chão, chorando.

Em seguida, observei que cerca de trinta homens e mulheres, em roupas amarelas, com zarabatanas nas mãos, se postavam à nossa frente. E, mais ao longe, divisei dezenas de triciclos com carroceria de madeira.

Por sobre as roupas amarelas de todas as tonalidades, os recém-chegados usavam uma espécie de armadura de madeira. Tinham as sobrancelhas e os cabelos raspados. Lenços com viseiras cobriam suas cabeças. As mulheres usavam tiras de lona como calças. Os homens, saias longas e balonadas.

De olhos extremamente arregalados, falavam se coçando ou cutucando o corpo daquele com quem conversavam. E enfiavam o rosto muito perto do interlocutor.

— E então? Viram?

— Ou não viram?

— Viram? Sim?

De repente, Lígia deixou o esconderijo onde estava e correu, esbravejando:

— Parem com isso imediatamente! Então será possível que não se tem paz nesta terra? A toda hora é gente fantasiada de folião de carnaval querendo chamegar conosco? Chega! Vão embora!

Então eles se aproximaram da professora e a sufocaram com um mar de rostos.

— Ir embora?

— Como, ir embora?

— Embora? Embora?

E ela:

— Me larguem!... Quer dizer, larguem-me! Larguem-me!

Naquele momento, três longos toques de trombeta soaram ao longe.

— O chamado! — disse um dos homens.

Ao que os outros retrucaram:

— A Assembléia!

E assim, suspenderam Lígia sobre suas cabeças, instalaram-se nos triciclos e fugiram, raptando a professora.

13.
O RAPTO DE LÍGIA

Fiquei meio abobado, observando a partida dos homens de amarelo levando nossa professora.

— A gente precisa fazer alguma coisa! — gritou Alice balançando meu corpo.

— Eles levaram Lígia! — falou Jonas.

— Que é que você tem? Ficou leso? — disse ríspido Daniel.

— Puf! — sorriu Zeca sarcasticamente.

Só então despertei, olhei para cada um deles e concordei:

— Precisamos, sim, fazer alguma coisa. Mas como? O melhor seria...

Antes que eu pudesse terminar a frase, Tilo interrompeu:

— Não adianta. É perda, da, de tempo. Eles vão levar a professora de vocês pra Assembléia.

— Assembléia? — perguntou Alice. — Que história é essa de Assembléia?

— Quem são esses caras? — emendou Jonas. — E aqueles meninos, os tais Fichais? — completou Zeca.

— O que a gente quer saber, Tilo, é o que está acontecendo nessa cidade — disse Daniel.

Então ele se levantou do chão, com a ajuda de Zeca e Jonas:

— Vamos entrar. Eu conto, to, tudo a vocês.

— E Lígia? — perguntei.

— Ela, la, não corre perigo. Pelo menos por enquanto. A Assembléia vai se reunir daqui, qui, a duas horas. Até lá, ela estará segura.

Dizendo isso, ele se pôs em marcha, retornando com passos lentos na direção do hotel. E nós o seguimos. Quando descemos para o fosso, encontramos Palito e Bola, que permaneciam escondidos. Tilo nos acompanhou até nossos quartos, sempre com o rosto fechado e cabisbaixo.

A arquitetura do lugar era esquisita como tudo em Agoutono. Passando pela recepção, que ficava num saguão amplo como o de um castelo medieval, entramos por um corredor largo coberto de lama, atravessamos uma ala estreita de paredes envidraçadas e chão de mármore e subimos uma escada que, de repente, se transformava em rampa.

Nosso quarto ficava num vão inclinado, no último andar do hotel. Era escuro, lembrava um calabouço. E, em vez de camas, possuía esteiras.

— Esperem, em, um momento — disse Tilo ao nos indicar a entrada do aposento. — Volto em um segundo.

— Esse lugar me dá medo! — falou Palito, quando fechamos a porta de metal, semelhante à de uma geladeira antiga.

— Isso é culpa de quem trouxe a gente pra cá, às pressas — insinuou Daniel, me encarando.

Eu sabia que aquilo estava prestes a acontecer. Ultimamente nós, do Clube, vínhamos nos desentendendo bastante. Tinha a impressão de que havíamos crescido no último ano mais que nos dez anteriores. Nossos gostos começavam a se definir. Surgiam grupinhos dentro do grupo.

A irritação que Daniel demonstrava agora vinha de longe e era compartilhada, em certo sentido, por Jonas e Zeca. A verdade é que eu, talvez mais do que os outros, estava diferente. Mais centrado. Meus programas já não eram os mesmos dos outros integrantes do Clube.

A leitura havia me despertado para uma série de questionamentos, para uma visão diferente do mundo. E, de minha parte, começava a me incomodar com certas atitudes dos meninos, principalmente daqueles três.

Meu interesse por história e política, pelos problemas sociais, acabou me levando a ter uma postura mais crítica diante da realidade. As músicas que escutava já não eram as da moda, mas principalmente MPB e rock antigos: Chico Buarque, Caetano Veloso, Pink Floyd, The Doors.

Os filmes que via já não eram mais os últimos sucessos americanos, mas principalmente filmes de arte europeus, como os de Fellini, Herzog, Pasolini, ou comédias de Woody Allen ou do Monty Python.

Memede havia me aberto um mundo de possibilidades. Agora eu caminhava com minhas próprias pernas, procurando saber quem era. O que, de parte a parte, gerava incompreensões.

A mim, por exemplo, Zeca parecia um tanto alienado, com suas roupinhas da moda, seu interesse exclusivo por futebol e namoro. Em Daniel me desagradava sua amargura, o que me parecia uma falta de força para lutar contra o que o incomodava. E Jonas era o símbolo do "machão" de opiniões firmes, cabeça dura, que resolve tudo na porrada.

Claro que essas percepções eram exageradas pelo radicalismo de quem, como eu, achava que ia consertar o mundo. Pra completar, a doença de vovó e os conflitos que ela gerou tinham me deixado menos tolerante, mais irritado.

Quanto a Palito e Bola, eram os mais próximos, com quem compartilhava as tiradas de humor, as conversas mais ou menos sérias, os programas mais alternativos. Eram meus amigões de fato.

E Alice surgia como uma incógnita. Muitas vezes parecia pensar como eu, viver as coisas que eu estava vivendo com intensidade. Gostava de teatro, cinema e literatura, curtia o namoro e nossas saídas. Mas outras vezes tudo isso parecia irritá-la e se incomodava com minhas ausências. Levava sempre tudo muito a sério.

Gostava de fato de mim? Eu não sabia dizer. Agora mesmo, ali no quarto, sussurrava alguma coisa com Zeca. Em segredo? Como aquilo me incomodava! Já tínhamos falado sobre o assunto. Ela parecia fazer de propósito. E eu não sabia dizer se estava vendo coisas onde não existiam ou se era verdade que os dois estavam tendo algo.

O interessante seria que nós do Clube superássemos nossas diferenças, que voltássemos a ter a cumplicidade de antes, que nos uníssemos. Afinal, gostava de todos. Mas não estava em meu melhor momento.

— Calma, Daniel. João fez o certo e nós concordamos em vir — disse Zeca, e eu percebi que o que ele queria era agradar Alice.

— Eu não concordei em vir. Vim porque era o jeito — insistiu o outro.

— Então volta, Daniel. Não quer ficar aqui? Vai embora! É simples — respondi, seco.

— Agora que você enfiou a gente nessa, vou até o fim — ele rebateu.

— Não vai adiantar nada vocês ficarem discutindo — falou Alice. — A gente precisa é arrumar um jeito de ajudar a professora e encontrar Memede.

— Isso! — concordou Bola, que estava muito tenso com a situação.

Meus olhos bateram nos de Jonas. Percebi que, apesar de calado, ele concordava com Daniel. Pensei que minha liderança no Clube talvez desagradasse aos dois e a Zeca. Por isso eu falei em tom de provocação e no plural:

— Façam o que vocês quiserem. Eu tô disposto a encontrar Memede. Quem quiser que me acompanhe.

— Calma, pessoal — pediu Alice mais uma vez. — Tilo pode ajudar a gente.

Ao ouvir essas palavras, nos calamos. Eu havia estabelecido algumas relações entre o que tínhamos vivenciado em Agoutono e o poema escrito por Memede. Tinha uma ou outra idéia a respeito do que estava acontecendo. Mas não sentia mais vontade de falar sobre isso. E não falei. Os outros também não. Apenas esperamos.

Esperamos, ansiosos, quinze minutos. E mais quinze. Ao fim de meia hora, tentamos voltar ao térreo para falar com o gerente e nos perdemos ao longo dos complicados corredores e passagens.

A certa altura, descemos por uma escada de pedra em caracol e avançamos para uma galeria fria e alagada, iluminada apenas por uma tocha próxima ao teto.

— Vamo' voltar! — pedia Palito.

Continuamos, tateando a parede. Mais um pouco e

vimos uma sombra. Paramos para ver quem era. Perguntamos:

— Quem tá aí?

Não obtivemos resposta. Em seguida vimos um vulto, que foi se definindo à medida que caminhava para o foco de luz.

— Quem tá aí? — repetimos em vão.

E, estarrecidos, observamos quando a figura surgiu de corpo inteiro. Primeiro, a máscara retorcida, que envolvia toda a cabeça e possuía protuberâncias semelhantes a chifres e barbatanas. Depois, o corpo recoberto por placas de metal, como gigantescas cartas de baralho. E, por fim, as mãos, vestidas em luvas que mais pareciam grandes pés de galinha.

— Socorro! — gritamos apavorados e corremos.

O monstrengo então acelerou os passos e veio atrás de nós.

14.
PERSEGUIÇÃO

Atravessamos um corredor muito estreito e seguimos até um salão em que passarelas se cruzavam. Havia dezenas de portas de ambos os lados. Entramos por uma delas e subimos uma ladeira.

Ao fim da ladeira, três passagens se abriram a nossa frente. Enveredamos pela primeira da esquerda e contornamos um corredor curvo até alcançarmos um vão onde as paredes eram cobertas de espelhos.

Num canto, divisamos uma pequena abertura quadrangular. Arrastando-nos pelo chão, conseguimos nos enfiar no buraco e nos esgueiramos por uma espécie de esgoto de terra que levava a um ambiente de pedra, cujo teto era extremamente alto e afunilado.

Ali havia um depósito, com papéis, mesas, cadeiras, estantes e armários amontoados. Tínhamos finalmente conseguido deixar nosso perseguidor para trás. O problema agora era saber onde estávamos e como sairíamos dali.

— Pára! Pelo amor de Deus, pára! Eu tô morto! — falou Bola arfando.

— Não, Bolinha! Vem, filho! O sujeito vai pegar a gente! — pediu Palito.

— Correr pra onde? — perguntou Daniel.

— Estamos presos! — disse Zeca.

— Genial, Zeca! Descobriu a fórmula do átomo! — emendou Palito.

— Calma aí. Tem que ter uma saída — sugeriu Alice.

— Tem. É só a gente aprender a voar — respondeu Daniel.

— O mascarado já ficou pra trás — expliquei. — A gente não precisa se preocupar com ele.

— Que lugar absurdo é esse? — perguntou Alice.

— Eu já tô de saco cheio daqui! — rosnou Jonas. — Não agüento mais esses loucos todos!

— Loucos, não! — falou Bola, olhando para mim como quem quer "ajeitar" as coisas. — Eles podem até ser esquisitinhos e tudo mais, mas loucos mesmo não, que os loucos são gente maravilhosa... Né não, Palito?

— Ô, uma beleza! — disse o outro prontamente.

— Será possível que nem numa hora dessas vocês conseguem parar de dizer besteira? — falou Alice nervosa.

Os dois se calaram, fitando o chão com cara desconfiada. Ela continuou:

— Tudo bem, a gente tem que sair daqui.

— Eu não sei o que é pior: sair e enfrentar mais um

monte de gente estranha ou ficar o resto da vida onde a gente tá — falou Zeca.

— É melhor ficar. Pelo menos aqui a gente não é perseguido — concordou Bola.

— É, a gente fica e se alimenta de vento o resto da vida, né? — perguntou Daniel.

— Nem vento tem aqui dentro! — reclamou Jonas.

— Eu não estou com a menor fome! — insistiu Bola.

— Puxa, Bolinha, eu estou impressionado, rapaz — disse Palito. — Nunca pensei que ia ouvir você dizer isso!

Bola ia dar uma resposta quando Jonas interrompeu:

— VOCÊS QUEREM PARAR?!

Os dois se calaram imediatamente. Eu tomei a palavra:

— A gente precisa esclarecer algumas coisas. Em primeiro lugar, existe um segredo nessa cidade que estão procurando esconder da gente. Quem é o cara da espada, que Memede cita no poema? Que escola é essa de que ele falou? Quem são aquelas pessoas que ficam no tal Desterro?

— E os Fichais? E os sujeitos de roupa amarela? Quem são? — completou Jonas.

— Bom, o Desterro é uma espécie de manicômio, segundo Tilo. E a escola talvez seja a escola criada por Winterforgues, a Abolição — opinou Alice.

— Certo, muito bem. O que a gente sabe até agora é que Marcos Winterforgues, segundo os jornais, utilizava drogas livremente em sua escola e induzia as crianças a tomá-las.

— Durante anos. E não só na escola como em outros estabelecimentos de que era dono — confirmou Alice.

— Exato. Daí as pessoas da cidade terem ficado um pouco... assim... como dizer... fora de si — afirmou Bola.

— Isso. Essas pessoas que... digamos... por assim dizer... não têm o juízo no lugar são recolhidas ao Desterro — concordou Palito.

— Certo. Mas por quem?

— Pelo visto, por Pitão — respondeu Jonas.

— E, parece, pelos caras de amarelo também — concluiu Zeca.

— Ah, mais uma coisa, João: não sei quem são os Fichais, mas eles não são gente boa. E odeiam Tilo — falou Alice.

— Agora, vejam...

Saquei o soneto escrito por Memede, que trazia no bolso, e o li à luz tênue que entrava por pequenas aberturas do teto e descia obliquamente sobre nós. Ao final da leitura, prossegui:

— O texto fala n'A Volta e no sujeito de espada de prata, como a gente já viu.

— E também no tal Desterro e nos Fichais — completou Zeca.

— Em "segredo" e no "crime" que está acontecendo na cidade — disse Palito.

— Olha, qualquer que seja o paradeiro de Memede e seu objetivo aqui, têm a ver com tudo isso — emendou Bola.

— Não se esqueçam da professora! Que será que vai acontecer com ela? — perguntou Zeca.

— Eu, até agora, não vi ninguém com o juízo no lugar nessa cidade — interrompeu Daniel. — As drogas, pelo visto, afetaram todo mundo.

— Vamo' sair daqui e ir nessa tal Assembléia de uma vez — falou Jonas, sem lhe dar atenção.

— Infelizmente, eu ainda não criei asas — disse Daniel novamente.

— Tá bom, Daniel! — reagiu o primeiro.

— Que posso fazer? Não sei voar — insistiu o outro.

Jonas olhou para ele com cara de quem queria no mínimo mordê-lo. Ele se calou. Eu disse:

— É isso. Vamo' tratar de sair daqui. Tem que ter uma saída. Em seguida a gente vai até a Assembléia atrás da professora.

— Vamo' logo! — chamou Jonas e nós nos pusemos a tatear as paredes do lugar, que parecia hermeticamente fechado.

Naqueles últimos minutos nossas desconfianças haviam aparentemente cessado. Uma pequena trégua após meses de desencontros.

Após cinco minutos de procura, acabei topando com um grupo de papéis guardados no interior de uma caixa, que me chamou a atenção. Interrompi a busca e me debrucei sobre eles por algum tempo, lendo-os com interesse. Ao cabo de mais alguns minutos, fui interrompido por Zeca, que gritou:

— Olha!

Apontava a entrada de um alçapão no chão. Fomos até o local indicado por ele e, com muito esforço, levantamos a tampa de madeira. Uma escada surgiu abaixo de nós. Começamos a descê-la com cuidado por conta da escuridão.

Naquele momento, ouvimos novos passos. Eram do nosso perseguidor, que havia conseguido se infiltrar pela passagem estreitíssima que tínhamos atravessado e agora caminhava em nossa direção.

Corremos atabalhoadamente e descemos a escada. Lá embaixo, topamos com um labirinto de tapumes, panos estendidos e peças de móveis empilhadas.

— Por aqui! — falei, indicando um passagem à direita.

— Por ali! — disse Jonas em tom de desafio, apontando na direção oposta.

E assim, após um segundo de indecisão, eu e Alice fomos para um lado e os meninos acabaram indo para outro.

Nós dois continuamos em frente e, após nos perdermos em infinitas vielas escuras, encontramos um ponto de luz. Caminhando até ele, encontramos uma nova escada. Subimos por ela e atravessamos um buraco que levava ao exterior do prédio.

Saímos perto do lugar em que estávamos antes da chegada dos homens de amarelo. Durante meia hora, esperamos que os meninos aparecessem, mas em vão.

— Que é que a gente faz? — perguntou Alice.

— Vamo' tentar achar essa tal Assembléia, é o jeito.

Então descemos uma estradinha e nos afastamos d'A Volta. No escuro. Sob chuva. Sem ter a mínima idéia de onde estávamos indo.

15.
SOZINHOS NO ESCURO

Caminhando devagar e com cuidado, ao final de uma das ruas que levavam a A Volta, entramos numa aléia de árvores retorcidas, de ramos entrelaçados, tão espessas que formavam uma espécie de túnel onde a água da chuva mal penetrava. Talvez fosse o leito seco de um rio, pois na verdade o solo era um tanto escavado.

— Não sei se é uma boa idéia irmos por aqui — disse Alice.

— Você tem outra opção? — perguntei.

Ela não disse nada e nós seguimos adiante. Vez por outra escutávamos passos nos matos. Eu perguntava: "Quem tá aí?", mas não obtinha resposta. A situação não era das melhores. Estávamos sendo vigiados e já havíamos sido perseguidos. Para completar, não sabíamos onde a passagem ia dar.

— Talvez fosse melhor voltarmos — sugeriu Alice.

— Claro. Você está sempre certa.

— Não é que eu esteja sempre certa. Só a imensa maioria das vezes — brincou.

Não achei graça e respondi:

— A maioria das vezes você *pensa* que está certa.
— Oh! Grande resposta, hein? Por que você tá agindo assim?
— Eu? Assim, como?
— Como criança.
— Ah, eu tô agindo como criança? Acho que agir feito criança é a pessoa ficar provocando ciúme no outro sem razão, você não acha?
— Então você acredita que eu provoquei ciúme em você? De propósito?
— Eu e a torcida do Flamengo inteira.
— Será possível que você não vê que quem está mudado é você, meu querido? Todo mundo tem visto isso. Desde que sua avó...
— É, eu mudei — cortei. — Já você, continua fazendo o mesmo de sempre: brincando de provocar ciúme. Pensei que com a gente não tinha espaço pra esse tipo de coisa.
— E eu pensei que você era mais inteligente.
— Não sou. Zeca é.
— Ah, tudo isso é ciúme de Zeca!
— Eu não tenho ciúme. A gente sabe muito bem quem tem ciúme aqui. E quem tenta despertar ciúme nos outros.

Ela olhou para mim com cara de reprovação e soltou minha mão com violência:

— Muito bem! Você conseguiu de novo, João. Parabéns!

— Ha! ha! Eu consegui? Tem até graça! Será possível que você não vê a maneira como age?

— Eu é que devia perguntar isso, João! — gritou. — Você parece outra pessoa, sabia? Vive irritado, pensativo, distante. E inventa coisas que só você vê!

— Tá bom! Não quero mais continuar essa conversa.

— O senhor manda.

Disse isso e se afastou a passos largos.

— Oh, sim, decisão muito sábia! Vai sozinha no meio do mato? Que beleza! — gritei, furioso.

Ela não respondeu e manteve o ritmo da caminhada.

— Vai! Pode ir! — tornei a gritar.

Ela se afastava. Com medo de perdê-la de vista e a contragosto, apressei também meus passos. Seguimos assim por um ou dois quilômetros: ouvindo a chuva e o movimento entre as plantas. Até que escutamos um relincho. E, depois, chicotadas, som de rodas chapinhando nas poças d'água.

"Que diabo é isso?", pensei. E então vi, sem acreditar, que uma carruagem puxada por dois cavalos surgia mais à frente na estrada. O condutor vestia libré e comandava a parelha aos berros e açoites.

— Alice! — gritei para que saísse da frente do carro.

Mas não foi preciso, pois dez passos antes de atin-

gir o local em que ela estava, o veículo parou. Corri até aquele ponto e, ao lado de minha namorada, de olhos tão arregalados quanto ela, vi quando um lacaio desceu de seu lugar para abrir a porta do carro para o seu patrão.

Então vimos descer um homem vestido com roupas da Antigüidade clássica: toga, capa, sandálias amarradas nas canelas e um gládio na cintura. Cingindo a testa tinha uma corrente de ouro e muitos anéis nos dedos.

Mas, ao contrário das feições afiladas de gregos e romanos que vemos em estátuas antigas, possuía rosto arredondado, grosseiro, com cabelo e barba crespos, bastos e muito negros. Sua pele era amorenada e possuía um forte cheiro de óleo ou azeite.

— Então? Quer dizer que os senhores são os meninos que vieram do Recife, ahn? Muito prazer. Meu nome é Gaio Felicius — disse, descendo da condução com um lampião na mão direita e cuspindo muito. E completou: — Provavelmente estão querendo ir até a Assembléia. Pois venham, venham. Vou levá-los até lá.

Como ele sabia quem a gente era e aonde pretendíamos ir? Eu não tinha a mínima idéia. O certo é que parecia tão louco quanto qualquer uma das pessoas que moravam em Agoutono.

— Quem... quem é o senhor? — perguntou Alice.

— Gaio Felicius, não ouviu? O rei da diversão.

— Rei?

— Para os íntimos. Sou dono da Refrigerantes Refri e do maior parque de diversões da região, crianças.

"Refrigerantes Refri! Que criativo!", pensei e, ao mesmo tempo, quase sorri, porque Alice havia acabado de me chamar de criança. Olhei para ela, que olhava para mim de testa franzida, perplexa diante de Gaio Felicius.

— E então? Vamos? — perguntou ele, cuspindo mais um pouco, coçando o sovaco e depois cheirando os dedos. — O julgamento está prestes a começar. E, pelo que sei, a professora de vocês não vai se sair nada bem. Ha! ha! Venham, venham!

Ele se dobrou sobre o próprio corpo de tanto rir, achando uma graça tamanha no que tinha acabado de dizer. Depois, retornou para o interior da carruagem. Alice fez cara de nojo e indignação.

— Refrigerantes Refri? — sussurrou, repetindo meu pensamento. — Aonde será que ele vai levar a gente?

— Bom, a gente não tem muita alternativa. Andar por essa estrada, assim, no escuro...

— Tudo bem. Então vamos.

E foi assim, em função daquela aparição maluca, que voltamos a nos falar. Subimos para a carruagem e nos sentamos no banco, ao lado do homem. O lacaio retomou seu posto, o cocheiro estalou o chicote no lombo dos cavalos e nós seguimos em frente. Quer dizer, nem sempre, já que os caminhos ali em Agoutono quase nunca descreviam uma linha reta...

Ao final de meia hora, mais ou menos, topamos com uma praça lotada de gente. Era ali o local da Assembléia. E do julgamento de Lígia.

16.
O JULGAMENTO

O local do julgamento era um pátio amplo, rodeado por sobrados coloniais. A fachada original dos prédios perdera o reboco e, em seu lugar, haviam sido pintados anjos e figuras bíblicas em estilo renascentista.

Gente vestida como num baile de máscaras se aglomerava pelos quatro cantos. Alguns tocavam instrumentos de feitio medieval. Na sacada de uma das casas, um homem trajando paletó cinza e gravata, com uma basta cabeleira castanha, um farto bigode louro e pince-nez estava ao lado de Lígia. Era o Juiz. Atrás deles, quatro dos homens de roupas amarelas que a haviam seqüestrado faziam a guarda.

Outras pessoas, que pareciam ser das mais importantes de Agoutono, recostavam-se em triclínios nas outras sacadas. Alguns, no chão, estavam em liteiras ou redes. A cena, de tão absurda, parecia ter sido retirada de um quadro de Salvador Dalí.

Descemos da carruagem e Gaio nos levou por uma escada externa até a sacada de um dos sobrados. Algumas pessoas da multidão o aplaudiram, outras o vaiaram.

Ali, curiosamente, encontramos Pitão, a quem Gaio se dirigiu sussurrando no ouvido direito. O homem o ouviu com o chapéu na mão e movimentos assertivos e submissos da cabeça. Perto dele havia mais gente inteiramente vestida de preto.

Eu e Alice não entendíamos nada. Estávamos ansiosos por conta de Lígia e também em função de não sabermos como estavam os outros integrantes do Clube. O que significava tudo aquilo? E aquela união entre Pitão e Gaio? E os homens de amarelo ao lado do Juiz?

Assim que nos acomodamos — em pé, em cima de tamboretes —, o homem de terno levantou uma espécie de tabuleta vermelha e os populares se calaram. Em seguida, iniciou o seguinte discurso, calmamente, com um estranho sotaque de padre e rolando os "erres" como um paulistano:

— Muito bem, meus amigos. Estamos aqui reunidos para discutirrrmos acerrrca do destino desta senhora, que segundo inforrrmações dos nossos bravos Amarelos, tentava perrrtubarrr a orrrdem aqui em Agoutono.

Ele estremeceu e levantou o ombro três vezes, num tique nervoso. Então prosseguiu, novamente calmo:

— Vocês sabem bem quanto tempo levou até que nossa administração conseguisse reparrrr os danos causados porrr Winterforgues. Nossa tarefa não está completa. Ainda há muito o que fazerrr.

Agora ele levantava os joelhos alternadamente, enquanto ia adiante:

— Tentamos reconstruirrr as ruas, refazerrr as casas e monumentos públicos, endireitarrr as ruas caóticas que nos foram legadas pela insanidade daquele homem que tanto mal nos causou.

Algumas palmas se seguiram a sua fala, misturadas com poucas vaias.

— Sendo assim, não podemos perrrmitirrr que estranhos venham conturrrbarrr o ambiente pacífico de nossa cidade. Voto pela imediata punição e pelo envio da ré para o Desterro.

Quando terminou de falar, os aplausos redobraram, sempre mais abundantes que os apupos. Então foi a vez de Gaio levantar uma placa verde. Como antes, a multidão se calou. Ele disse, altissonante, com gestos muito expansivos:

— Entendo a preocupação de nosso nobre Juiz, mas creio que não há motivo para tanto. Oh, não! De fato, muitas pessoas tentaram perturbar nossa pequena cidade. Pequeniníssima, diria! Marcos Winterforgues foi o pior deles, por certo. Sim, o pior. E foi difícil de fato nos livrarmos do seu terrível legado. Agora, no entanto, creio que as coisas já estão serenadas. Serenadíssimas, diria. E, pelo que sei, esta senhora é uma simples professora de férias na cidade.

Falava com os olhos fechados, lançando os braços para frente e a cabeça para cima, fazendo pausas emblemáticas. Dramático, aumentava ou diminuía o tom de voz de acordo com a ênfase que queria dar a cada palavra. Era um show à parte.

Disse essas palavras e, assim como havia acontecido com o Juiz, parte das pessoas o aplaudiu, parte o vaiou. Aquele retomou a palavra, com a voz constante e monótona de antes:

— Caro Gaio Felicius, figura destacada de nossa cidade. Sei que você tem as melhores intenções e é um homem honrado. Porém, creio ainda serrr preciso agirrr com firrrmeza para evitarrr desvios. A vigilância é amiga da moral. E se reprovo suas posições em algumas de nossas Assembléias, é justamente porrr pensarrr que seu único defeito é terrr ainda uma postura muito liberal...

— Liberal? Creio ser uma questão de bom senso — respondeu Gaio, levantando sua plaquinha. Deu duas voltas ao redor do próprio corpo, fez uma pausa e soltou um pum tão alto que toda a Assembléia escutou. Depois, prosseguiu, como se nada tivesse acontecido: — Afinal, as pessoas não precisam de tanta vigilância. As pessoas precisam de diversão. As pessoas precisam de divertimento, diria.

— A diverrrsão em excesso pode serrr um mal, meu Gaio — rebateu o Juiz. — Pode corromperrr os costumes.

— Diversão com bom senso, nobre Juiz. Bom sensíssimo, diria. Ninguém quer a volta da barbárie que reinava antes entre nós. Mas também não podemos passar o resto de nossas vidas sem nos distrair.

— Bom, já que o senhorrr citou a volta da barrrbárie... Gostaria de aproveitar essa ocasião para anunciarrr aos aqui presentes uma notícia terrível. Notícia que é a prova de que precisamos estarrr alerrrtas. Acontece que Marcos Winterforgues escapou da cadeia no Recife e, segundo fontes da própria polícia, está disposto a voltarrr a Agoutono para continuarrr seus crimes.

Quando acabou de dizer essas palavras, a multidão se insuflou. Algumas pessoas entraram em desespero, outras desmaiaram. Gaio e o Juiz levantavam suas placas, tentando controlar a massa, sem sucesso. Ouviram-se insultos e palavras de ódio. Os homens de amarelo deixaram seu posto e correram na tentativa de controlar os mais exaltados. Pitão e seus companheiros de preto fizeram o mesmo.

Então Alice me puxou pela mão e disse:

— Vem!

Sem entender o que ela queria, segui seus passos. Descemos a escada e cortamos pelo meio dos populares e seus gritos.

— Que foi, Alice?

— Vem comigo!

— Pra onde?

— Você vai ver.

Atravessamos o pátio até a extremidade em que estavam o Juiz e Lígia. Ali, depois de passar por dezenas de pessoas, subimos uma rampa que nos levou ao interior do sobrado de cuja sacada o Juiz falava.

— Aonde a gente tá indo, Alice? — disse, fincando o pé no chão.

— Salvar Lígia — ela respondeu.

— Mas como, se...?

— Psss! Vem!

Dentro do prédio havia apenas um vão e uma escada em caracol. Subimos por ela e alcançamos o primeiro andar. Entre o patamar da escada e a sacada havia um fosso e, sobre ele, uma ponte de madeira. De onde estávamos, víamos as costas da professora.

— Olha ela ali!

Pé ante pé, atravessamos a ponte. Na sacada, restavam apenas Lígia e o Juiz, que falava para a multidão, pedindo ordem.

— Por aqui — sussurrou Alice no ouvido de Lígia, lhe dando um susto que quase coloca o plano a perder.

A professora veio até nós e, juntos, começamos a descer a escada.

— Como é que a gente vai sair do prédio? — perguntou a professora.

— Vamo' procurar uma saída por trás — falei.

No final do vão deserto do térreo, encontramos um corredor que levava a um outro e este a um terceiro. Ali havia uma janela. Atravessamos por ela e corremos para uma rua coberta de pó branco, semelhante ao da estradinha que pegamos para chegar a Agoutono.

— E agora? — perguntou Alice.

— Agora, corre! — sugeri, pois nesse momento vi um vulto se aproximar pela esquerda. Era o homem mascarado que tinha nos perseguido em A Volta.

— Que brincadeira é essa? Não estou gostando nada disso! — falou Lígia revoltada.

— Corre, professora! — gritei.

— Não vou correr nada! Quero que alguém me explique o que está acontecendo.

— Vem! — gritou também Alice, empurrando a professora para frente.

Entramos por um caminho largo e disparamos, deixando o mascarado para trás. Mas, seguindo em passos rápidos, logo escutamos um barulho de moto e vimos, aproximando-se por trás de nós, o jovem de espada que quase destruíra nosso ônibus.

— Alto! *Vengam*! *Ustedes* me pagam!

— Você de novo? Exijo explicações! — disse Lígia.

A professora não saía do canto e o desconhecido se acercava. Não podíamos deixá-la sozinha. Quando ele estava a apenas dez metros de nós, ouvimos um grito por sobre nossos ombros:

— Saia!

Então senti um pano ser colocado sobre meu nariz e a mesma voz dizer:

— Pronto! Agora vocês são nossos.

Em seguida, perdi os sentidos.

17.
DESMAIADOS

Acordei no dia seguinte com Alice alisando meu rosto e sussurrando em meu ouvido:
— João!
Estávamos numa sala escura, cheia de espelhos e pilastras. Lígia não estava conosco.
— Onde é que a gente tá? Cadê a professora?
— Não sei. Não tenho a mínima idéia.
Levantei e, titubeante, passei a inspecionar o ambiente. Tudo permanecia em silêncio. Nossas imagens refletidas nos espelhos, do chão ao teto, e a pouca luz confundiam nossos passos.
— Tem uma passagem ali — falou Alice, apontando para um local onde havia apenas a moldura de um espelho.
Passamos pela entrada e avançamos até um vão imenso, semelhante a um peristilo. Portas se alinhavam dos dois lados da parede, em dois andares. O ambiente continha estátuas em tamanho natural de pessoas que não consegui identificar a princípio, mas tinha a impressão de saber quem eram.
Fomos abrindo as portas, uma a uma, e descobrin-

do as coisas mais extraordinárias. Em uma sala, atapetada, com cortinas, havia sofás e mesas. Em outra, uma piscina com chão e paredes de vidro. A seguinte era refrigerada e sua decoração imitava gelo. A quarta continha computadores e máquinas. A quinta, tonéis repletos de tintas coloridas e tecidos colados ao teto. A sexta, uma profusão de cavidades circulares no chão e túneis nas paredes.

— Que lugar é esse? — perguntou Alice.

Dei de ombros e seguimos adiante, sempre encontrando cômodos de tamanhos variados, que serviam aos mais diferentes propósitos, sem que conseguíssemos atinar com a resposta.

Por fim, entramos num pátio triangular, cujas laterais eram tomadas por arquibancadas. Por trás delas, podíamos enxergar a cúpula de pequenos prédios de formato arredondado. E, sobre seus degraus, silenciosos e atentos, vimos cerca de trinta ou quarenta crianças e adolescentes. Eram os Fichais.

Meirinha estava sentada num trono cheio de pernas, semelhante a uma aranha, ladeada por duas outras meninas. Assim que nos viu disse:

— Então, acordaram? Aproximem-se!

Seus olhos cinza, como antes, não olhavam diretamente para nós. Chegamos a dois passos de sua cadeira. Alice perguntou:

— Onde tá Lígia?

— Não me interesso pela professora de vocês — respondeu a líder, com a sua fala que não parecia natural, mas cheia dos lugares-comuns dos filmes dublados. — A essa hora ela deve estar no Desterro.

— No Desterro? — perguntei surpreso. — Provavelmente. Os homens de amarelo a apanharam. Nós a deixamos no caminho.

— O que é que vocês querem com a gente? — gritou Alice.

— Eu é que pergunto: o que vocês querem com a gente? Agoutono não é lugar para crianças como vocês.

— Crianças! Olha quem fala! — respondeu minha namorada com desprezo.

— Sei o que vocês vieram fazer aqui. Sei que estão atrás de Memede.

Após aquelas palavras de Meirinha, ditas propositadamente de maneira a nos causar impacto, eu e Alice nos entreolhamos. Ela continuou:

— Memede está pagando pelo erro que cometeu. Vocês não têm nada a ver com isso. E, porque são bisbilhoteiros, vão pagar o mesmo preço.

— Você sabe onde ele tá? — perguntei, tentando dar à minha frase um tom de cumplicidade. Apesar de tudo, via em Meirinha alguém com quem era possível dialogar, embora não estivesse ainda muito certo sobre o que queria com a gente.

— Talvez.

— O que é que tá acontecendo aqui nessa cidade? Nada parece no lugar!

— Nada parece no lugar. Mas, em outras cidades, as coisas estão nos lugares?

— Nunca vi uma loucura como essa.

— E você está bem certo sobre o que é a loucura e o que é a lucidez?

Ela escandiu bem a última palavra e riu. A platéia a acompanhou.

— Que idiota! — falou Alice.

Eu perguntei:

— Você conhece Memede?

— Claro. Todo mundo na cidade conhece Memede. E é por isso que ele sumiu. Veio se meter onde não era chamado.

— Onde ele está?

— Talvez eu saiba. Talvez não. E talvez você devesse perguntar a Tilo...

— Tilo? O que é que ele tem a ver com isso? — quis saber Alice, de cara fechada.

— Com isso e com tudo o mais.

— Tilo me pareceu ser gente muito boa!

— Claro, claro! — disse Meirinha ironicamente. — Pergunte ao Juiz a opinião que ele tem de Tilo!

— O Juiz? Aquele louco que tava fazendo um julgamento sem pé nem cabeça? Ah, com certeza ele é um homem ajuizado!

— Um dos poucos de Agoutono. Talvez o único. Mas, torno a perguntar, o que é o juízo ou a falta dele?

— A falta dele certamente é a pessoa se vestir com roupas ridículas, se juntar a um bando de outras pessoas que também se vestem com roupas ridículas e andar por aí atirando pó vermelho no rosto dos outros!

— É isso o que você acha? Bom pra você. Mas se não aceita a opinião do Juiz a respeito de Tilo, interrogue Gaio Felicius.

— Gaio não gosta dele? — perguntei intrigado.

— Não. Não gosta. E eu não gosto de Gaio Felicius. Nem do Juiz.

— Qual o seu problema, hein? — reagi. — Será que pode falar de maneira direta? O que é que vão fazer com a gente, afinal?

— Vou mostrar a vocês a verdade. A verdade. Agorinha mesmo. Meninos!

Ao chamado dela, os garotos e garotas que estavam nas arquibancadas desceram até nós. Em seguida, através de uma ponte que conduzia ao exterior do prédio, nos arrastaram para uma floresta de árvores artificiais.

— Aqui — disse Meirinha então. — Aqui é o lugar ideal. Está aqui tudo o que eles vieram procurar.

— O que é que você vai fazer com a gente? — gritei.

— Larga! Me solta! — gritava também Alice.

Tínhamos sido levados até um paredão todo branco, muito grosso e alto.

— Vão fuzilar a gente, João! — desesperou-se Alice.

Meirinha fez um sinal:

— Pode ser agora.

Imediatamente após ter dito isso, sacos repletos daquele pó vermelho que nos cegara antes foram atirados contra nossas cabeças. Nossas e dos Fichais.

— Quem fez isso? — gritava Meirinha e seus companheiros repetiam.

Mas nós não ouvimos a frase distintamente por muito tempo. Tínhamos sido levados para longe dali por Bola e Palito.

18.
OS HERÓIS

O mais difícil era crer que Bola e Palito tivessem feito aquilo. Nem eles mesmos acreditavam. Mas agora, mais tranqüilos e distantes do perigo, estavam orgulhosos e contavam vantagens.

— Puxa, eu sou mesmo o máximo — disse Palito.
— Você, né? Eu não fiz nada! — rebateu Bola.
— É, fez. Deu a idéia. Mas tirando a idéia, o resto fui eu que fiz.
— A idéia e, depois, apanhei as armas com o pó, perto da escola.
— Escola? Que escola?— perguntou Alice, mas nem um dos dois escutou.

Eu e Alice ainda estávamos cegos. Nossos amigos tinham parado conosco à beira de um riacho e, enquanto conversavam, lavavam nossos rostos atrapalhadamente. Palito, por exemplo, estava enxaguando minha cabeça, quando deveria se concentrar nos olhos.

Estávamos ansiosos para saber o que tinha acontecido a eles e como tinham vindo parar ali. Também queríamos saber se tinham notícias de Jonas, Daniel e Zeca.

Mas eles permaneciam conversando, como se não tivessem outra coisa a fazer.

Palito prosseguiu:

— Sim, mas tirando a idéia e o pó, o resto fui eu que fiz.

— Ah, e quem carregou o pó até onde os meninos estavam? — perguntou Bola.

— Você. Certo. Mas tirando a idéia, o pó e o...

— Vocês querem parar com isso e dizer logo onde tavam esse tempo todo!? Como conseguiram se livrar do mascarado e encontrar a gente? — berrou Alice.

— Ah, eu descobri uma passagem pela... — começou a explicar Palito.

— Eu descobri! — interrompeu Bola.

— Tudo bem. Bola descobriu. Mas eu que conduzi a gente pela passagem e...

— Não. Errado de novo. Eu conduzi.

— Certo, mas eu...

— Dá pra falar de uma vez? — perguntou Alice, vermelha de raiva.

Eles se calaram constrangidos e, a partir de então, Bola falava e Palito emendava rápido, como num jogral.

— Lá no hotel, fugindo do mascarado, a gente se perdeu de vocês e dos outros meninos e entrou por uma passagem quadrangular, muito longa, como uma mina de carvão.

— E acabou saindo perto da praça. Fomos até lá e assistimos "o" julgamento.
— A gente viu quando vocês salvaram a professora.
— E, logo depois, quando os Fichais pegaram vocês.
— E Lígia? O que aconteceu com ela? — perguntei.
— Os homens de amarelo levaram Lígia para o Desterro.
— Foi. Levaram.
— E vocês não fizeram nada? — quis saber Alice.
— Sim. A gente tentou convencer o Juiz a deixar Lígia livre.
— Então ele convidou a gente pra uma conversa.
— E nós fomos até a escola.
— Que escola é essa, afinal de contas? — falei.
— É a escola que ele dirige.
— Você precisa ver, João. A escola é sensacional.
— Parece aqueles colégios privados americanos.
— Todo mundo com uniforme chique!
— O lugar é limpo, fica num prédio antigão, um barato!
— Mas espera aí! Esse cara é juiz ou é diretor de escola? — disse eu.
— Os dois. Aliás, mais que isso.
— A posição de juiz, aqui em Agoutono, é equivalente à de prefeito.
— Mais ainda que prefeito. Porque eles não têm Câmara Municipal.

— É verdade. Ele é um pequeno rei.

— Como "pequeno rei"? Isso não pode. A constituição não deixa. Tem que ter poder legislativo, executivo e judiciário — expliquei.

— Bom, aqui não tem essa divisão toda. E quem acabou com ela parece que foi o tal Winterforgues.

— As decisões judiciais são feitas na praça, como aconteceu com Lígia.

— O povo se reúne, algumas pessoas discursam e, no final, a causa é decidida.

— Winterforgues também acabou com a polícia.

— O cara não é fácil, né? — comentei.

— O caso é que o Juiz, assim que substituiu Marcos Winterforgues na Prefeitura, ou Juizado, ou o que quer que seja, tratou de fechar a antiga escola que Winterforgues havia aberto e que utilizou para praticar seus crimes.

— E abriu essa escola nova.

— A escola é pública? — perguntou Alice.

— É paga, mas eles dão bolsas de estudos, parece.

— O cara pareceu ser gente boa. É meio ligadão nessa coisa de lei e ordem, mas também, convenhamos, depois do furacão que representou esse tal Winterforgues...

— E a escola de Winterforgues, o que foi feito dela? — falei.

— Ela foi desativada e é o local predileto de reunião dos Fichais.

— Ou seja, é exatamente o local pra onde eles levaram vocês.

— Aquilo era a escola de Winterforgues? Nossa, parecia com tudo, menos com uma escola! — disse Alice.

— Que é que tinha lá?

— É. O que tinha?

— Depois a gente conta. O que eu quero saber é: como vocês chegaram lá? — perguntei.

— Fácil. O Juiz nos ensinou o caminho.

— Nós dormimos na escola do Juiz, que funciona como um internato.

— E, hoje cedo, seguimos para a Abolição.

— Assim que nos aproximamos, topamos com os Fichais arrastando vocês para fora do lugar.

— Então, descobrimos algumas daquelas bolhas com o pó vermelho atiradas nas redondezas e eu tive a idéia de...

— Eu tive a idéia!

— Tudo bem, mas eu que carreguei as...

— Chega, vocês dois! — interrompeu Alice. — O Juiz falou algo sobre os Fichais?

— Disse que são viciados em drogas, que vivem pelos matos ou fazendo arruaça pela cidade.

— São vítimas de Winterforgues. Estudaram na escola dele.

— Segundo o Juiz, ele já tentou de todas as maneiras recolher os meninos para o Desterro, com a ajuda dos homens de amarelo, que são uma espécie de polícia que ele conseguiu formar.

— Mas os Fichais se recusam. São agressivos.

— Isso a gente pôde comprovar — falei.

— Ah, e também aquele tal de Gaio Felicius não deixa.

— É, esse Gaio Felicius tem uma milícia só dele e vive em guerra com o Juiz. Ao que parece, eles disputam o poder aqui em Agoutono.

— Alguma notícia de Jonas, Daniel e Zeca? — perguntei.

— Nada.

— Nadinha.

— Bom, espero que eles estejam bem. Então, vocês não conseguiram convencer o Juiz a liberar Lígia?

— Ele disse que as leis devem ser cumpridas.

— É por isso que não gosta de Gaio Felicius.

— Diz que o empresário só se preocupa em ganhar dinheiro com sua fábrica e seu parque e não se ocupa da cultura e da política.

— Ele também tá muito nervoso com essa história de que Winterforgues vai voltar pra Agoutono.

— É. Todo mundo na cidade teme que Winterforgues apronte alguma. Dizem que vai colocar uma bomba na escola do Juiz.

— Eles que são brancos que se entendam — concluí. E chamei: — Vamos!

— Pra onde?

— É. Pra onde?

— Bom, se o Juiz é tão legal quanto vocês dizem que ele é, vamos insistir para que liberte a professora. E, depois, para que nos ajude a achar os meninos e Memede.

— E aí a gente sai dessa cidade o mais rápido possível!

— Que lugar!

Avançamos pela margem do rio e, à medida que andávamos, eu e Alice íamos relatando a Bola e Palito o que tínhamos ouvido dos Fichais. Eles nos guiavam, pois sabiam o caminho até a escola do Juiz.

Andamos durante mais de meia hora, sem encontrar ninguém. O tempo estava nublado. Não ventava. Começava a desconfiar que Bola e Palito tinham se perdido, quando ouvimos um som que, a princípio, não conseguimos identificar. Ao fim de mais alguns metros, no entanto, descobrimos tratar-se de voz humana. Um pedido de socorro.

Apressamos os passos na direção da voz e atingimos um ponto no meio dos matos em que havia um buraco imenso, coberto com palha. Retiramos a cobertura da vala e vimos um homem amarrado, jogado sobre a terra.

— Socorro! Me ajudem! — gritou ele mais uma vez.

Era Tilo.

19.
TILO

— Tilo? Como é que você foi parar aí? — gritou Alice, colocando a cabeça para dentro da vala.
— Me ajudem, judem, por favor! Me raptaram e jogaram aqui.
— Quem, Tilo? Quem fez isso?
— Gaio Felicius ou o Juiz, iz. Querem me destruir!
Ele estava transtornado. Descemos até o fundo do buraco, que não devia ter mais que dois metros de profundidade e, erguendo-o sobre nossas cabeças, o jogamos para a superfície. Em seguida, usando pedras, conseguimos cortar as amarras.
Uma vez livre, ele se mostrou ainda mais inquieto. Lançava olhares para o lado furtivamente, andava de um canto a outro, com medo, como se estivesse esperando a chegada de alguém.
— Tilo, você precisa nos ajudar — falei. — Você é a única pessoa em que podemos confiar aqui em Agoutono. Por que o Juiz e Gaio fizeram isso com você?
— Juiz? Gaio? Não, ão, sei de nada...
— Vamos ser francos com você — falou então Alice. — Estamos aqui por conta de Memede.

Os olhos dele brilharam. Por um segundo parou de se mover e nos encarou:

— Me-mede?

— Ele mesmo — insistiu Alice. — É tio de Palito, aquele nosso amigo ali. Você por acaso sabe o paradeiro de Memede?

— Eu? Mas, por que, que, eu?

— Porque você parece saber de alguma coisa, companheiro — disse Bola, um pouco ríspido.

— Eu não sei, ei, de nada.

— É importante, Tilo. Meu tio tá desaparecido! — insistiu Palito.

O homem voltou a olhar para um lado e para o outro, aflito. Ficou calado durante alguns segundos. Em seguida falou:

— Não sei, ei, onde está Memede. Talvez os Fichais saibam. Os Fichais... Eles vão destruir Agoutono...

— Eles conhecem Memede? — testei.

— Não, ão, sei.

— Meirinha disse que você sabia — falou Alice.

— Meirinha? Vocês deviam, iam, se afastar dos Fichais. Não sei onde colocaram Memede, ede. A cidade é grande. Pode tá em qualquer lugar.

— Então ele tá aqui em Agoutono? — falou Palito excitado.

Tilo se calou e deu três passos como se quisesse se

afastar. Bola o segurou pela manga da camisa, mostrando uma coragem inusitada:

— Espere aí, companheiro. Memede tá aqui, em Agoutono, é isso?

Ele continuava sem nos encarar e parecia estar conversando consigo mesmo. Murmurava como se prestasse contas de seus atos.

— Eu não queria, ia! — gritou.

Em seguida, se livrou da mão de Bola, correu, saltou por sobre um arbusto e sumiu no meio das árvores, berrando:

— Não queria!

Não conseguimos alcançá-lo. Ou não tentamos. O certo é que as informações que tinha dado fervilhavam em nossa cabeça. Memede estava em Agoutono, como imaginávamos. Tilo era perseguido pelo Juiz e por Gaio, que pareciam estar em disputa pelo poder na cidade.

Winterforgues era o responsável pela situação atual da cidade. Tinha construído uma escola e distribuído drogas, eis o princípio de tudo. Havia modificado a arquitetura do lugar. Mas como havia conseguido enlouquecer uma cidade inteira?

O que parecia certo, pelo comportamento das pessoas com quem havíamos entrado em contato, é que existia um segredo comum, que todos tentavam esconder, algo que era evitado nas conversas.

O que Memede tinha a ver com aquilo? Como os Fichais, Tilo, Felicius, o Juiz, o sujeito da espada e tantos outros se encaixavam no problema? Não tínhamos a mínima idéia.

— O segredo talvez seja o crime de que Memede fala no poema — sugeriu Bola.

— Certo, bocó — disse Palito. — Mas que crime?

Conversávamos assim, quando vimos vultos se aproximando na direção contrária. Deixamos a estrada e nos escondemos no barranco, esperando que eles passassem. Mas os caminhantes não eram estranhos.

Eram Zeca, Jonas e Daniel.

20.
ZECA, JONAS E DANIEL

A primeira coisa que me chamou atenção no comportamento dos meninos é que eles estavam muito calados. Subimos o barranco, entusiasmados com o reencontro, e eles simplesmente se deixaram abraçar, como se não tivéssemos passado um único segundo sem nos vermos.

— Onde vocês tavam? — perguntou Alice.

— Com um cara chamado Gaio Felicius — explicou Zeca.

— Gaio Felicius? — perguntamos em coro.

— Que coincidência! — completou Palito.

— Vocês conhecem "ele"? A gente tava na fábrica e no parque de diversões. Um fica do lado do outro. E a gente passou o dia se divertindo, comendo doces, sanduíches e tomando refrigerantes — explicou Zeca com olhos mortos.

— Puxa! Eu perdi! — lamentou Bola.

— Eu não sei se você entendeu, Bolinha, mas o objetivo da gente aqui não é encher o bucho de comida, não. É achar meu tio — falou Palito bravo.

— Não tem problema, Bola. Nós ainda trouxemos um saco cheio de guloseimas. Olha aqui — falou Zeca, mostrando um saco de palha repleto de mantimentos.

Bola apanhou o saco, pegou um pacote de biscoito, batatas fritas, um refrigerante e se sentou para comer. Palito o imitou.

— Como é que vocês escaparam lá do mascarado, n'A Volta? — perguntou então Alice, que parecia estranhar o jeito dos garotos tanto quanto eu.

— Ah! A gente se perdeu entre aqueles montes de entulho e acabou achando uma saída, no meio dos matos.

— E quando é que Gaio Felicius entra nessa história? — perguntou Palito.

— A gente chegou à fábrica dele por acaso. Saímos d'A Volta nas proximidades dela.

— E passaram esse tempo todo lá?

— É. O cara é legal... legal... — falou Daniel.

Era a primeira vez que eu ouvia Daniel elogiar uma pessoa assim. O que será que havia por trás das palavras dos meninos? Aquele jeito estranho deles era apenas fruto de nossas desavenças? Aquela conversa solta, aqueles olhos que não se deixavam fitar? Eles pareciam estar escondendo alguma coisa.

Imediatamente pensei em Memede. Será que ele estava envolvido em algo irregular, algum crime, e Tilo estava tentando preservar a gente, não querendo nos contar? Em um minuto, a hipótese começou a ficar clara na minha cabeça.

As mães dos meus amigos sempre viram Memede com reticências. E ele, de fato, não era uma pessoa que podemos chamar de "comum". Bebia excessivamente, fazia escândalos. De tudo isso eu sabia. Mas ele me parecia ser gente boníssima, uma pessoa sensível.

De toda maneira, se Memede estava envolvido no crime de que ele mesmo falava no poema, quem estava nos perseguindo? E por que o tio de Palito havia deixado o soneto para que nós o seguíssemos até Agoutono? Teria sido tudo uma armadilha?

Era preciso fazer com que Zeca, Daniel e Jonas contassem o que sabiam. Mas como, se Palito estava ali do lado? Não queria magoar meu amigo.

Fazia essas especulações quando meus pensamentos foram interrompidos por uma fala de Daniel:

— Segundo Gaio, Meirinha ficou daquele jeito porque estava drogada. Ela, os Fichais e muitas outras pessoas de Agoutono. Inclusive o rapaz da moto.

— Gaio falou alguma coisa sobre o cara da moto? — perguntou Alice.

— Era mais um dos alunos de Winterforgues.

— Puxa, não é à toa que o povo todo tem o maior ódio de Winterforgues.

— Ódio mortal.

— Só não entendo como é que ele conseguiu fazer o que fez durante tanto tempo sem que ninguém o denunciasse.

— Segundo Felicius, Winterforgues tinha influência na imprensa pernambucana. O cara tinha dinheiro, né?

Aquelas últimas palavras me chamaram a atenção. Em seguida, percebi algo diferente no olhar de Daniel.

— O que é que vocês têm, hein? Tão sentindo alguma coisa? — perguntou Alice.

— Cansaço — falou Jonas. — Só cansaço.

— Você perguntaram alguma coisa sobre Memede para Felicius? — prossegui.

— Sim, ele disse que Memede foi de grande ajuda na denúncia contra Winterforgues — respondeu Daniel.

— Quando foi a última vez que ele viu Memede?

— Quando estourou o escândalo.

— A gente precisa falar com o Juiz — falou Alice.

— O Juiz? Felicius não suporta o Juiz — disse Jonas. — Ele diz que o Juiz só pensa em educação e não em desenvolver o município economicamente.

— E o Juiz diz que ele só pensa em lucro e não em desenvolver as pessoas — explicou Palito.

— Bom, não sei. O que sei é que estou morto de cansaço. Será que a gente não pode encontrar um lugar para descansar um pouco? — pediu Zeca.

— Então vamos. Vamos de uma vez à escola — concordou Alice.

Dito isso, nos pusemos a caminho e retomamos a estrada. Dos dois lados dela passavam pessoas vestidas da maneira a que já estávamos habituados: com capuzes, máscaras, véus, as combinações mais estranhas de roupa.

Aquela era a estrada principal da cidade. Da maneira como Agoutono havia sido reconstruída por Winterforgues, era preciso passar por aquele local para ir a qualquer parte dela.

Nós nos perdemos várias vezes em função das vias complicadas. Bola e Palito já não tinham certeza sobre qual caminho tomar. A certa altura, escutamos um grito:

— Ele está aqui! Winterforgues voltou!

E, em poucos minutos, formou-se um tumulto sem par. Pessoas corriam para todos os lados, caíam, rolavam, eram pisadas. Aquilo durou muito tempo. Até que os Amarelos chegaram de um lado e Pitão com seus homens de preto chegaram de outro.

Àquela altura, eu já havia me perdido dos meninos. Empurrado pelo povo, me vi jogado numa viela escura, onde aguardei que a confusão cessasse. Estava faminto e com uma terrível dor de cabeça. Entrei em desespero.

Até então, as aventuras do Clube seguiam um certo padrão. Obtínhamos informações e, a partir do raciocínio lógico, fazíamos deduções e chegávamos a algumas conclusões.

Ali em Agoutono a coisa não funcionava assim. Estávamos sendo bombardeados por informações que não se encaixavam, não faziam sentido. Estava tão perdido quanto no dia em que chegara ali.

E foi precisamente enquanto pensava assim, absolutamente desnorteado, que vi algo que me chamou a atenção. Algo importantíssimo para a compreensão do mistério em que estávamos envolvidos.

21.
A VISÃO

Estava de frente para uma das construções esquisitas da cidade. Uma casa ou estabelecimento comercial em forma de chifre, circundada por um muro verde e ondulado. Sobre a tinta já um tanto descascada, li a seguinte frase, escrita em tinta amarela numa caligrafia sofrível:

"Ninguém ignora tudo. Ninguém sabe tudo. Todos nós sabemos alguma coisa. Todos nós ignoramos alguma coisa. Por isso aprendemos sempre."

Sabia que já havia lido aquelas palavras em algum canto. De repente, surgiu em minha mente a imagem de uma das estátuas que tinha visto no colégio ocupado pelos Fichais.

Estava ficando louco ou o autor da frase era quem realmente pensava ser? Podia estar enganado. O ideal seria ter um livro ou a internet para consultar e confirmar a informação.

Senti as pernas bambearem e sentei, sem forças. As

letras se embaralhavam diante dos meus olhos. Ouvi um ronco vindo do estômago e só então percebi que havia ficado com o saco de guloseimas que Gaio havia dado aos meninos.

Comi um sanduíche com batatas fritas e tomei um refrigerante, pensando no que fazer. Então me ocorreu a lembrança dos papéis que tinha visto no depósito de A Volta, quando estávamos fugindo do mascarado.

Respirei fundo e tentei me acalmar. Resolvi que voltaria ao hotel e tentaria encontrar o depósito em que estavam os papéis. Levantei-me num impulso e segui adiante. A confusão havia acabado. Pitão e os Amarelos haviam dispersado a multidão. Não havia mais ninguém no caminho principal de Agoutono.

O sol agora era forte e queimava minha cabeça. Comecei a me sentir um pouco tonto, mas andava com passos rápidos, na direção do hotel. Começava a formular uma hipótese. Mais uma, dentre as tantas que tinha aventado.

Talvez eu estivesse certo. Talvez tudo não passasse de ficção. A idéia parecia muito estapafúrdia para ser verdade. E, no entanto, queria acreditar nela. Alguns metros à frente, estava completamente inseguro quanto ao que fazer e tive vontade de desistir e deitar no canto da estrada. A cabeça rodava e estava enjoado. Não conseguia raciocinar direito.

— O que tá acontecendo comigo? — pensei em voz alta. — O que é que eu tô fazendo, pra onde eu tô indo?

Minha visão escureceu. Os pensamentos se atropelavam. Entrei por uma picada lateral sem ter idéia exata do que fazia. Ouvia meus passos como um eco distante e via os matos invadirem o caminho como se tivessem vida.

Pouco depois enxerguei um vulto distante. Ele se aproximou como uma sombra. Até que chegou a dois passos de mim. Era o menino de espada citado no poema de Memede.

Ou não era? Estava vendo o sujeito ali à minha frente ou estava delirando? Parei e senti o corpo girar. Via a boca do outro se mexer mas não escutava o que dizia, a princípio. Após alguns segundos, escutei uma voz metálica, esbravejando com ódio:

— *No soy lo que pensan*. Aha-ihi! *Escucha*? Vão a *morrir* todos! Todos! Que vão aos diabos!

Acredito que falei:

— Eu sei! Eu sei!

Mas não tenho a mínima idéia se disse isso e, se disse, por que motivo o fiz. O fato é que ele gritava e o suor borrava a maquiagem do seu rosto. Os perdigotos que saltavam de sua boca pareciam estourar em meu rosto.

— *No soy lo que pensan*! — continuava o rapaz e avançava em minha direção.

Quando estávamos já cara a cara, ele sacou de sua espada e a alçou acima da cabeça.

— *Quieres* conhecer o colégio? *Quieres*?

Ele me segurou pelo braço com força. Não me lembro bem como fiz isso, mas a verdade é que consegui empurrá-lo. Ele deu dois passos trôpegos e caiu. Disparei atabalhoadamente e me enfiei pelos matos. Não sentia minhas pernas e tinha a impressão de caminhar no meio de bolhas.

— *Venga*! *Estás* perdido! — gritava o outro, pondo-se de pé com o auxílio da espada.

Tropecei numa pedra e caí de bruços. Escutava o som do vento nos matos e só, como se assistisse a um filme mudo. Arqueei a cabeça e vi por entre a grama que o homem me procurava.

De repente, ele parou e olhou para trás. Virei naquela direção e vi quando o mascarado que nos vinha perseguindo apareceu, de mão levantada para o outro. Eles conversaram.

O de máscara parecia ter alguma ascendência sobre o de espada e tentava convencê-lo de alguma coisa. Este balançava a cabeça, como quem não quer aceitar um conselho ou sugestão.

A certa altura, enfureceu-se, levantou a espada, soltou berros e urros e desapareceu no meio do mato, correndo. Passou a poucos metros de mim, que continuava estirado no solo e vi quando o mascarado também se afastou, lentamente.

Todas essas imagens me vinham como num sonho. Lembro apenas que me levantei e prossegui na direção de A Volta. De repente, de um modo que só acontece mesmo em sonhos, já me vi dentro do corredor estreito e, em seguida, no depósito, vasculhando papéis.

Logo após, estava novamente na rua, carregando um maço deles dentro do saco que antes continha comida. Tinha me decidido a ir até o colégio que Winterforgues havia fundado, o Abolição. E foi o que fiz.

Mais uma vez, em minha memória não há o registro de uma seqüência linear. Mas o fato é que me vi dentro do colégio e, mais precisamente, na sala cheia de computadores e máquinas que havia visto antes com Alice.

Sentei-me diante de uma delas e entrei na rede. Ou penso ter entrado. Lembro apenas de meus dedos resvalando no teclado, do clarão do monitor e que, ao fim de não sei quanto tempo, tinha certeza absoluta de que precisava me dirigir a um lugar específico: o paredão branco aonde os Fichais nos arrastaram e de onde fomos retirados por Bola e Palito.

Consegui chegar lá, mas já não tinha idéia das razões que me levaram até ele. Me sentia mal. Queria acordar do pesadelo. Acho que gritei. Cheguei a vomitar. Chorei bastante. E, por fim, me atirei no chão e apaguei.

Quando abri os olhos, parecia que eu tinha dormido uns dois dias. Era final de tarde. O paredão branco continuava diante de mim, mas não era o mesmo. Em seu centro, uma pequena passagem se abria na pedra. Uma passagem secreta.

E, em pé ao meu lado, vi o turista estrangeiro que tinha vindo conosco no ônibus para Agoutono. Ele tinha uma faca na mão.

— Marcos Winterforgues? — perguntei.

— Eu mesmo.

22.
O ESTRANGEIRO

O homem me levou para o interior da gruta e fechou a porta atrás de si. Ali dentro havia apenas uma tosca mesa de madeira, três cadeiras, um fogão a lenha, uma estante repleta de livros, uma quartinha com água, um colchão e um aparelho de CD, que tocava a Nona Sinfonia de Beethoven.

O ambiente era iluminado por um candeeiro a óleo, o que lhe emprestava um aspecto sombrio de quadro de Pavel Fedotov, um pintor russo que eu admirava.

— Sente-se — disse ele com seu sotaque pesado, apontando para uma das cadeiras.

Fiz o que me sugeriu, ainda sonolento e impactado. Tentava relembrar os últimos acontecimentos, como tinha vindo parar ali. A cabeça doía bastante.

— Pelo que Memede falava de você, achei que, mais hora menos hora, viria até *eu*.

Aquela referência ao tio de Palito no passado me arrepiou. Winterforgues puxou uma cadeira para ele e também se sentou, colocando a faca sobre a mesa à sua frente. Estávamos a menos de um metro um do outro.

Minha boca tinha o gosto amargo do refrigerante que tomara algumas horas antes. Quantas horas? Não saberia dizer. Em minha mente surgiu a frase que avistara: "Ninguém ignora tudo. Ninguém sabe tudo. Todos nós sabemos alguma coisa. Todos nós ignoramos alguma coisa. Por isso aprendemos sempre". Agora me lembrava: tinha pesquisado sua origem nos computadores da Abolição.

Minha primeira impressão estava certa. Aquela era uma frase de Paulo Freire, um educador pernambucano que revolucionou o ensino ao pregar, dentre outras coisas, que alunos e professores deveriam aprender em conjunto, que o primeiro não deveria impor o conhecimento a seus pupilos como se fosse o dono da verdade e, sim, dar liberdade para que o estudante pudesse desenvolver seu próprio conhecimento.

Tinha um pensamento revolucionário, queria modificar a sociedade, para torná-la mais justa e igualitária, e via na educação o caminho para a mudança. Por conta disso, foi perseguido pelos conservadores.

Suas idéias continuam sendo combatidas e estão longe de serem colocadas em prática pela maioria das escolas. Mas seu inovador método de alfabetização de adultos é comprovadamente eficaz.

Havia lido parte de seu livro *Pedagogia da autonomia*, emprestado de Memede, e pesquisado sobre ele na internet. Claro, não entendia tudo o que estava escrito ali, mas o bastante para saber que minha escola, por exemplo, estava longe de seguir sua linha de pensamento.

Que uma frase dita por Paulo Freire estivesse em um muro de Agoutono não era tão estranho assim. Afinal, por toda parte da cidade liam-se frases pintadas ou pichadas em paredes. O esquisito mesmo é que houvesse uma estátua dele dentro do colégio Abolição.

Isso mesmo. Uma daquelas estátuas era do educador. As outras, ao seu lado, descobri depois, pesquisando nos computadores da própria escola, eram de Carl Rogers e mais alguns estudiosos da educação que pregavam a total modificação da escola tradicional.

Então quer dizer que havia ido à Abolição? Sim, não tinha sido sonho. Agora tinha certeza. Depois de ler a frase no muro, havia ido a A Volta e, em seguida, à escola. E a razão por que tinha ido ao hotel eram os papéis que vira ali no depósito.

Em um deles — a escritura de posse do imóvel — havia lido o nome do seu dono, Tilo Antenor Medeiros Olivares. Aquele sobrenome era muito conhecido no Recife. Pertencia à família proprietária do *Jornal de Paranambuco*, o diário em que Memede trabalhava.

Ora, até estourarem os escândalos que o envolviam com venda de drogas, o hotel pertencia a Winterforgues, segundo a imprensa. E Tilo era parente dos donos do jornal que iniciara a série de críticas a Winterforgues, acusando-o de tráfico e corrupção. Aquilo não soava bem.

Em minha segunda ida a A Volta, pude ler em outro papel guardado naquele depósito — que reunia toda a documentação da cidade, antes dispersa na Câmara Municipal e nos órgãos de Justiça —, que o mesmo acontecera com outros grandes imóveis e terrenos de Agoutono: Winterforgues os comprara ao longo dos anos em que vivera na cidade e os perdera posteriormente para moradores da terra, quando estourara o escândalo. Dentre os beneficiados pela bancarrota do francês estavam o Juiz e Gaio Felicius.

Para mim, então, ficou claro o seguinte: em primeiro lugar, Winterforgues tentara implantar em Agoutono uma escola revolucionária, voltada para formar crianças questionadoras e indivíduos livres, criativos, que seguissem seu próprio pensamento. Era um homem que tinha horror às coisas tradicionais. Daí a arquitetura diferente, ainda que de gosto duvidoso, de Agoutono.

Como era um empresário rico, teve condições de colocar em prática idéias de educação e de organização social que chocaram os donos do poder local. Seu pensamento estava espalhado em páginas da internet. Em uma, em especial, havia um manifesto em que conclamava as pessoas a fundarem uma Nova Ordem.

Basicamente, pensava em deixar o poder nas mãos

do povo. As decisões eram tomadas coletivamente em sua prefeitura. Os salários foram unificados: qualquer funcionário, do faxineiro ao secretário de governo, ganhava a mesma coisa. Todas as crianças do lugar tinham acesso garantido a sua escola.

Então surgiu a idéia de difamá-lo e, para isso, o Juiz, Gaio e outros ex-grandes de Agoutono, que haviam perdido poder com a chegada de Winterforgues, contaram com a ajuda de Tilo, na condição de co-proprietário do *Jornal de Paranambuco*.

A campanha surtiu efeito. Winterforgues perdeu suas propriedades e foi parar na cadeia. Os outros resgataram seus bens e voltaram ao poder. E tentaram fazer com que as coisas voltassem ao que era antes.

A população acreditou na versão divulgada pela imprensa. Tinham aversão a Winterforgues. Mas, como ex-alunos da escola do francês, os Fichais sabiam de tudo. E se revoltaram. Não aceitavam que seu ex-professor fosse ultrajado.

Isso estava claro nas palavras de Meirinha, agora que juntava as peças do enigma e compreendia o que havia acontecido na cidade. No dia em que me levou até o paredão, do lado de fora da gruta, sua intenção não era fuzilar a mim e a Alice, mas nos levar até Winterforgues, que havia voltado à cidade e se escondido ali com a ajuda dela.

Por isso eu voltara até o paredão. Estava certo de que Winterforgues estaria por perto. Só não sabia que ele era o estrangeiro que viera conosco no ônibus. Mas agora tudo se encaixava.

— Só não entendo uma coisa — falei para Winterforgues de repente.

Estávamos calados e fitando um ao outro desde que entrara na gruta. Ele parecia triste e cansado.

— Por que o povo daqui tem um comportamento tão louco — prossegui —, se essa história de drogas foi uma armação de Tilo, Gaio e Felicius?

— O que você chama de loucura? — riu ele. — Quando a gente não age ou se veste como *o* maioria das pessoas, somos considerados *loucas*. Mas quem é você ou eu para tacharmos alguém de louco? Horas atrás você certamente achava que *a* louco na cidade era eu. E agora, quem lhe parece louco? Elas me acusaram de vender drogas e enlouquecer *os* crianças, mas a verdade é bem outra.

Não sabia o que dizer. Ele prosseguiu:

— O seu amigo Memede me parecia um pessoa interessantíssima e sensata quando chegou à cidade para me entrevistar. E, no entanto, arruinou *meu* vida. As aparências enganam, meu caro.

Que podia dizer? De tudo, o que mais me doía era aquela constatação: Memede servira aos interesses dos donos do jornal, plantara uma mentira, fizera matérias de encomenda para destruir Winterforgues e beneficiar Tilo e os demais.

Sabia que muitos jornalistas publicavam notícias de acordo com os interesses dos seus patrões. Mas constatar que Memede estava entre esse tipo de gente era muito duro. É certo que ele não foi o único a colaborar com a fraude, afinal toda a imprensa caíra no conto de Tilo e seus amigos, que contavam com a incompetência ou a ajuda explícita da polícia. Mas o tio de Palito iniciara todo o caso.

Minha cabeça doía. Não conseguia raciocinar direito. De repente, Winterforgues falou:

— Venha comigo.

E me arrastou com ele para fora da gruta. Antes que pudesse perguntar aonde me levava, ouvi um grito:

— João! Deixe "ele", Winterforgues!

Olhei na direção de quem falava e vi Jonas, Bola, Palito, Daniel, Zeca e Alice, que se aproximavam.

23.
REENCONTRO

Alice foi quem primeiro se pronunciou:
— Eu estava certa. Sabia! Meirinha queria trazer a mim e a João até Winterforgues e não nos fuzilar. Mas, peraí! Esse é o estrangeiro que estava conosco no ônibus!

Os meninos se voltaram para Winterforgues com espanto. Jonas, que estava com uma pedra na mão e pelo visto não se espantou muito, repetiu:

— Largue "ele", Winterforgues!

O estrangeiro fez uma cara de quem não havia entendido nada. Eu tentei falar:

— Calma, Jonas. Ele é amigo.

— Amigo? — falou Daniel com sarcasmo. — Você ficou louco?

— Ele quer ajudar a gente — falei.

— Essa é boa! — disse Zeca.

Não me escapou o fato de que ele estava de braços dados com Alice. Minha namorada falou:

— João, preste atenção no que você tá dizendo. Esse cara fez um grande mal à cidade.

— João, esse daí, junto com os Fichais, está levando a cidade à destruição — disse Bola.

— Ele tá por trás do desaparecimento de Memede, João! — gritou Palito.

— Vocês estão enganados — disse eu. — O grande responsável por tudo o que está acontecendo é o próprio Memede. Ele, Tilo, Gaio e o Juiz. Desculpe, Palito, mas seu tio está por trás de uma trama terrível...

O que falei causou grande alvoroço entre os meninos. Fui insultado. Discutíamos entre nós como se Winterforgues não estivesse presente. O estrangeiro apenas acompanhava a conversa.

— João — falou Zeca —, eu sei que a gente teve nossos desentendimentos, mas tem uma coisa que você precisa saber...

— Você está a fim da minha namorada — interrompi ironicamente.

— João! — gritou Alice. — O que é isso?!

— Coitado de João — falou Bola. — Ficou doidinho, o pobre.

— Winterforgues tem uma aliança com o Juiz — continuou Zeca. — Eles são parceiros de negócios.

— Aí, não — falou Palito. — Isso é o que o seu amigo Gaio te contou. Winterforgues tem uma aliança, sim, mas é com Gaio e Tilo.

— Tilo está por trás disso sozinho. É óbvio — sugeriu Daniel.

O Clube não se decidia. Cada um tinha uma resposta diferente para o enigma. Enquanto falávamos, ouvíamos explosões, gritos e tiros ao longe.

— Calma, gente — tomou a palavra Alice. — Não tem nada muito claro. Tilo, o Juiz e Gaio se odeiam e estão lutando entre si. Mas uma coisa é clara, João: todos culpam Winterforgues pelo que está acontecendo na cidade.

— Claro que culpam, Alice — falei irritado. — O que vocês não percebem é que Winterforgues tentou transformar radicalmente a cidade. Cresceu e ofuscou o poder dos três. Por isso a perseguição a ele. Tudo começou com a série de reportagens que Memede escreveu. Mas a única culpa de Winterforgues foi tentar mudar a cara de Agoutono.

— O que é que você tá dizendo, João? — perguntou Alice, tão espantada quanto os outros.

Expliquei a eles tudo o que tinha visto no depósito de A Volta e na escola dos Fichais. Enquanto falava, Winterforgues balançava a cabeça, concordando. Quando acabei, ouvi novamente as críticas de meus amigos.

— Você está louco! — gritou Palito, muito insultado e bravo como nunca o tinha visto. — Como é que você pode dizer uma coisa dessas de Memede?

— Winterforgues fez sua cabeça, João! — concordou Bola.

— É um caso perdido — falou Daniel.

— Vem, João! Vamos embora daqui — falou Jonas,

me segurando pelo braço. — A gente precisa encontrar Memede e salvar a professora.

— Me larga! Não vou a lugar nenhum! — insisti, gritando. — Vocês estão errados! Não se trata de eu achar isso ou achar aquilo. São provas. Eu li os documentos e vi as realizações de Winterforgues.

A cara de decepção dos meus amigos era evidente. Eles se calaram. Ninguém sabia o que dizer. Naquele instante, Alice tomou a palavra e falou, muito séria, olhando bem dentro dos meus olhos:

— Só tem um detalhe que você esqueceu nessa história toda, João: "Os segredos da fria lata".

— Ahn? O que você tá dizendo? — perguntei intrigado.

— Venha comigo, João. A gente precisa sair daqui. Vamos acabar com *tuda* de uma vez — falou Winterforgues, que todo aquele tempo permanecera calado.

— O que você quer dizer, Alice? — insisti.

Ela se preparou para falar, mas naquele instante nós sentimos a aproximação dos homens de amarelo, que gritavam:

— Winterforgues! Olha Winterforgues ali!

Ouvindo aquilo, o estrangeiro disparou por entre as palmeiras artificiais da floresta. Alguns Amarelos foram em seu encalço. Outros, aproximaram-se da gente.

— Prendam esses daí!

— Daí!
— Prendam! — Prendam!
Fomos cercados. Bola falou:
— Calma. Nós somos amigos do Juiz.
— O Juiz mandou prender vocês, meus caros.
— Meus caros.
— Prender. Prender.
— Taí seu grande amigo Juiz! — falou Jonas para Bola.

Mal terminou a frase, vimos então Pitão e seus asseclas se aproximarem pelo flanco direito.

— *Pairadinhos* aí! Mãos para cima!

Cercaram os Amarelos, que nos cercavam.

— Todo mundo preso!
— Oi, Pitão! Somos nós! — falou Daniel.
— Todo mundo preso. Vocês, inclusive!

Foi a vez de Palito dizer:

— E aí está seu grande amigo Gaio!

Então, como numa cena de cinema, um fato ainda mais extraordinário aconteceu: Tilo surgiu do nada, portando um fuzil AR-15.

— Tilo! — gritou Alice.
— Calada, ada! Eu vou me vingar de todos vocês! — respondeu ele.

E eu falei, triunfante:

— Aí está a prova que vocês queriam: os grandes Tilo, Gaio e o Juiz.

Segundos depois, ouvimos um tiro, seguido de um grito. Pitão e os seus conseguiram dominar Tilo. Os Amarelos então perceberam ali uma oportunidade de contra-atacar. A briga se generalizou.

— Venham!

Chamei meus amigos e nós disparamos pelo meio da mata artificial, sem que fôssemos incomodados. Depois de correr cerca de um quilômetro, paramos para descansar. Mas não descansamos. Ainda estávamos ofegantes quando ouvimos passos. E, em seguida, vimos o mascarado, nosso velho perseguidor, com um pedaço de madeira na mão.

— Ah, não! Eu não agüento mais correr! — reclamou Bola de um jeito casual.

Ficamos sem reação. O mascarado deu mais dois passos e em seguida, falou:

— Enfim, nos encontramos.

Sua voz era conhecida. Tirou a máscara. Gritamos, espantados:

— Memede!

24.
MEMEDE

Palito correu e se abraçou com o tio, dizendo:
— Memede!
Mas foi a única reação de alegria. Devido aos últimos acontecimentos, ninguém confiava mais no homem que acabava de chegar.
— O que tá acontecendo aqui, Memede? Por que você tá perseguindo a gente? — perguntou Alice, alterada.
— Calma, Alice! — pediu Zeca, segurando minha namorada pelos ombros.
— Me desculpem por ter envolvido vocês nisso — disse o outro, com sua voz característica, meio rouca.
Como não tínhamos percebido que o mascarado era Memede? Olhando agora para o seu corpanzil, a barriga ampla e as pernas finas tão próprias dele, parecia impossível não ter constatado desde o princípio que aquele era o tio de Palito.
— Que decepção! — falou Daniel com desprezo. — Eu nunca confiei nele mesmo!
— Você é um canalha, Memede! — disse Jonas, que até então não tinha largado a pedra.
— Eu posso explicar — falou o jornalista.

Eu permanecia calado. Não queria ouvir o que tinha a dizer. E me afastei um pouco do grupo, cabisbaixo e revoltado.

— João, não é o que você está pensando...
— E o que é, então, Memede? Não adianta mentir! — gritou Jonas.
— Por que você fez isso? — Bola perguntou com tristeza.
— O que você vai fazer com a gente? — Zeca completou.

Memede fitou o chão, constrangido.
— A história é muito complexa — afirmou.
— É muito simples — falei. — Você serviu aos interesses dos donos do seu jornal pra não perder o emprego. E incriminou uma pessoa inocente. Acontece quase todos os dias. Que o digam os donos da Escola Base.

Citei o mais escandaloso caso de erro jornalístico da história do país. Em março de 1994, a mídia paulistana denunciou seis pessoas por envolvimento no abuso sexual de alunos da Escola Base, do bairro Aclimação, em São Paulo.

O fato simplesmente não existiu, mas a imprensa o veiculou como verdade, fazendo uma cobertura exaustiva do episódio. Mais tarde, todos os acusados foram inocentados. E os donos da escola, que tiveram suas vidas destruídas, receberam uma indenização irrisória da Justiça.

— Eu errei, João — falou Memede cabisbaixo.

— É fácil dizer isso agora. E Winterforgues, como é que fica?

— Não é o que você está pensando — insistiu ele, muito nervoso. — Eu errei, mas também fui enganado. Fui enganado! E Winterforgues também errou. Ele não é inocente.

— Como, não? — dissemos em coro.

— Então, vocês não sabem? — falou ele num tom seguro.

Voltamos a cabeça em sua direção. Ele fez silêncio e prosseguiu:

— Winterforgues envolveu-se com venda de drogas, sim.

— Mentira! — gritou Jonas que, minutos atrás, queria ver o diabo mas não queria ver Winterforgues.

— Verdade — voltou Memede. — É verdade que ele queria implantar um projeto revolucionário de escola? É. É verdade que ele tinha idéias democráticas? É. É verdade que Tilo, o Juiz, Gaio e outros ficaram enciumados com seu poder e que o *Jornal de Paranambuco* tinha interesse em derrubar Winterforgues? É também. Mas o estrangeiro pisou na bola.

— O que é que você tá dizendo? — perguntei intrigado.

Alice soltou:

— A lata!

— Ahn? — perguntamos todos.

— Exatamente — confirmou Memede.

— Do que você está falando, Alice? — perguntou Zeca.

— "Os segredos da fria lata" — repetiu Alice. — Você não percebeu como você estava "diferente" ao voltar do parque de diversões, Zeca? Pensei muito sobre isso. Você, Daniel e Jonas estavam muito estranhos quando a gente encontrou vocês, perto do rio, com um saco de mantimentos dado por Gaio.

Assim que ela falou, senti um frio na barriga. Era verdade. Também eu, quando provei do refrigerante deixado no saco de mantimentos que os meninos haviam trazido da fábrica de Gaio me senti estranho, a cabeça rodando, confuso. E assim havia ido parar à frente do esconderijo de Winterforgues.

— Peraí! Eu não tô entendendo mais nada! — falou Palito.

— Nem eu! — concordou Bola.

Alice explicou então que havia desconfiado que o refrigerante produzido por Gaio continha algum tipo de droga. Memede confirmou:

— Exatamente. O refrigerante contém uma substância retirada de uma planta local, daqui de Agoutono, que provoca confusão mental e vicia.

— Por isso todo mundo nessa cidade é louco! — falou Daniel.

— Então o verso "Os segredos da fria lata", escrito por Memede no poema, se referia à lata de refrigerante? — perguntou Zeca.

— Isso — respondeu Alice.

— Alto lá. Tudo bem, o refrigerante pode ser o responsável pelo caos em Agoutono — falei. — Mas o que é que Winterforgues tem a ver com isso? Acusaram o cara de vender drogas, de corrupção, de trabalho escravo e não sei mais o quê!

— Aí é que tá o meu erro, João! Influenciado pelas autoridades locais, eu fui levado a crer na história de corrupção e tráfico. Mas tinha alguma coisa que não se encaixava. Pouco a pouco, a Justiça foi inocentando Winterforgues das acusações. Até que, por fim, foi libertado.

— Libertado? — perguntamos em coro.

— Isso mesmo. Dizer que ele fugiu da cadeia é mais uma mentira. Ele saiu por ter sido inocentado.

— E ele é inocente! — falei. — O culpado de tudo é Gaio, o dono da fábrica.

— Não. Acontece que Winterforgues era o dono da fábrica de refrigerantes, antes de falir e perdê-la. E mais: a fábrica não foi comprada unicamente por Gaio Felicius. Dentre outros, Tilo e o Juiz são seus sócios.

— Meu Deus! Que história! — exclamou Alice.

— Eu não tô entendendo nada! — repetiu Palito.

— Nem eu — concordou novamente Bola.

Memede prosseguiu:

— Ao descobrir o erro que havia cometido, meses atrás, fiz uma série de entrevistas com Winterforgues na cadeia. Nós ficamos até, digamos, amigos. Me comprometi a voltar a Agoutono e passar a história a limpo, provar que ele era inocente. Foi o que fiz. Mas, ao contrário do que esperava, ao chegar aqui, descobri que a fábrica havia sido sua. E, investigando, percebi que a adição da droga na fórmula da bebida ocorreu em sua gestão. Estou há quatro semanas na cidade. Dias atrás, quando me preparava para retornar ao Recife com a história completa, soube que o estrangeiro havia sido solto. Resolvi esperar para ver o que aconteceria.

— Foi quando você telefonou para mim e para João — falou Palito. — Puxa! E pensar que todas as vezes que você quis se aproximar da gente, a gente fugia, com medo! Por que você usava essa máscara?

— Pra me proteger. Afinal, os grandes daqui de Agoutono não gostaram nada de saber que eu estava de volta, tentando remexer numa história que já parecia esquecida.

Após uma pausa, ele concluiu:

— Resumindo, Winterforgues tinha esse grande projeto libertário, revolucionário, contestador. Durante anos trabalhou para conseguir dinheiro suficiente para implementá-lo. Como prefeito, modificou até a forma de funcionamento do governo local, o que é inconstitucional e lhe rendeu a acusação de corrupção, embora apenas tivesse em mente fundar uma "sociedade do futuro". E, de fato, ele fez uma revolução na educação — criou uma geração de crianças contestadoras, criativas, livres — e tinha idéias muito boas para a administração. Mas cometeu um erro: como precisava sempre de mais dinheiro para expandir seus projetos, acabou optando pelo caminho fácil da introdução dessa substância no refrigerante. E o resultado é o que vocês estão vendo agora.

— Meu Deus! — repetiu Alice. — Quer dizer, disso tudo, o que a gente pode concluir é que, no final das contas, existem muitos culpados. E, ao mesmo tempo, os próprios donos da fábrica são vítimas da substância que eles vendem!

— Exato — concordou Memede.

Estávamos todos boquiabertos. A história parecia completamente absurda, tirada de um filme de enredo mirabolante. E, mais uma vez, as coisas se invertiam: quem parecia ser "bonzinho", virava "do mal".

— E agora, Memede? O que a gente faz? — perguntei ao fim de um longo silêncio.

Ele suspirou e disse:

— Agora a gente precisa ir até a fábrica. Muitas vezes, em nossas conversas, Winterforgues falou, revoltado e amargurado, em destruir a cidade, em tocar fogo na fábrica e fazê-la explodir, arrasando Agoutono. Acho que é isso o que tem em mente agora. A gente precisa detê-lo.

— Onde fica a fábrica? — perguntou Jonas.

— Venham comigo.

Memede indicou o caminho. Nós o seguimos.

25.
NA FÁBRICA

Para chegar à fábrica dos Refrigerantes Refri, nós cruzamos a cidade inteira. Por toda parte se espalhavam o caos e a confusão. Casas, prédios e monumentos sendo queimados, pessoas se esmurrando nas tortuosas vias públicas. Fumaça tomava o ar. Tilo, Gaio e o Juiz haviam definitivamente entrado em guerra aberta e seus partidários se enfrentavam nas esquinas.

Avançamos com cautela, seguindo os passos de Memede, que conhecia os atalhos de Agoutono como poucos. Aqui e ali alguém tentava armar uma briga conosco, que a evitávamos.

Ao fim de uma caminhada de meia hora, mais ou menos, entramos pelos portões da construção, que parecia uma pirâmide egípcia. Seu jardim imitava um labirinto medieval e, por isso, gastamos mais tempo para encontrar a entrada do prédio que para chegar até ele.

Enfim, subimos as diversas rampas do interior da construção e chegamos ao último andar, onde ficavam as máquinas. Ali, topamos de cara com Winterforgues, que espalhava gasolina no maquinário, com a ajuda de Meirinha e dos Fichais. Ele tinha uma tocha acesa na mão.

— Winterforgues! Que é que você tá fazendo? — gritou Memede.

Ele se virou em nossa direção, espantado, e disse ironicamente:

— Ah, mas se não é o grande jornalista *do* capital! O homem que destruiu *meu* vida!

— Uma explosão aqui vai tocar fogo na cidade inteira.

— É precisamente *essa* o meu intento.

— Vai jogar fora tudo o que construiu?

— *Tuda* que eu construí e você destruiu, você quer dizer.

— Ainda há tempo de consertar. Vou escrever uma matéria contando tudo o que vi por aqui.

— E quem vai acreditar, depois de todas *os* mentiras que contaram a meu respeito?

— Você acha que uma forma de consertar isso é matar milhares de pessoas, inclusive as crianças que você ajudou a educar?

— E você acha que o jeito é deixar *essas* brutamontes tomarem conta da cidade e acabarem com *meu* revolução?

Ele deu um riso tenso, alguns Fichais o acompanharam. Meirinha permanecia séria, com os olhos perdidos. Mas parecia um pouco assustada.

— Meirinha! Pare com isso! — pedi. — Vocês ainda podem levar a idéia do colégio adiante.

— Com o apoio de quem? — respondeu ela imediatamente, sem o tom metálico que tinha usualmente na voz. — E quem é você pra dizer o que devo ou não fazer?

— Eu simpatizo com a causa de vocês. Mas destruir a cidade é jogar tudo por água abaixo.

— Por fogo abaixo — consertou Palito que, mesmo nos momentos mais tensos, não conseguia se conter.

— Deixa "ela", João — falou Alice, segurando na minha mão como não fazia há tempos.

Memede retomou a palavra:

— Se você fizer isso, Winterforgues, vai entrar pra História apenas como um louco, vai confirmar o que dizem de você.

— Eu *estar* me lixando pro que dizem de mim.

O estrangeiro falou essas últimas palavras e convocou os Fichais:

— Vamos!

Então todos acenderam tochas no fogo da que Winterforgues carregava. Nós nos mantínhamos na orla da imensa sala das máquinas. Memede falou:

— Pra trás, meninos!

E nos protegeu com seu corpanzil.

— Meirinha! Por favor, não faça isso! — gritei.

— Eu não conheço você — respondeu ela, secamente.

— Vamos! — falou Winterforgues.

Os Fichais levantaram os braços, imitando o estrangeiro. Ninguém parecia muito seguro do que estava prestes a fazer. Nem mesmo Winterforgues.

— Meu projeto morre comigo! — falou este por fim e se dirigiu a uma poça de gasolina que estava sobre uma esteira.

— Vamos sair daqui! — gritou Memede, nos empurrando na direção da saída.

Recuamos alguns passos, mas nossa saída foi impedida pela entrada de um vulto. Era o "menino de espada de prata", o lunático da motocicleta citado nos versos de Memede. Vendo que ele entrava na sala, o tio de Palito estacou e nós paramos com ele, que gritou:

— Winterforgues! Seu filho!

O estrangeiro se virou, encarou o menino que entrava e parou imediatamente o que fazia.

— Meu... meu filho! — falou com a voz embargada.

— *Van* para fora daqui! Fora! — falou o outro, sem reconhecer na figura que falava aquele que, acabávamos de descobrir, era o seu pai.

— Meu filho! — repetiu Winterforgues e se aproximou para abraçá-lo, chorando.

O rapaz recuou e lançou golpes de espada no ar, furioso.

— Fora! — repetiu, sem idéia do que se passava na sala.

Winterforgues caiu de joelhos, se desmanchando em lágrimas, o corpo convulso.

— Parem — pediu, por fim, com a voz sumida.

Após um minuto de hesitação, os Fichais recuaram, atendendo ao seu pedido. E apagaram as tochas. Não haveria mais explosão.

— Venham — chamou-nos então Memede, baixinho.

Calmamente deixamos a sala e o prédio. Quando chegamos à rua, vimos que carros do corpo de bombeiros e da polícia, vindos da capital, circulavam por toda parte.

— Vamos procurar a professora de vocês e dar o fora dessa cidade — disse Memede.

Foi o que fizemos.

26.
FIM

Nós encontramos Lígia no meio de uma enorme aglomeração, amparada por três guardas. Ela gritava:
— Uma loucura! Esta cidade é uma loucura! Uma insânia! Um desvario! Socorro! Eu quero sair daqui!

Estava com a roupa rasgada, o cabelo esvoaçado, descalça, enfim, numa situação deplorável. Ao seu lado, figuras do Desterro, como Naná, gritavam e se contorciam. A cidade estava em chamas, ainda se ouviam tiros e explosões.

Quando nos viu, a professora gritou:
— Meninos!

E correu em nossa direção. Nós tentamos acalmá-la de todo jeito, sem sucesso. Por fim, a arrastamos para longe da confusão e seguimos serra acima, na direção da entrada da cidade, guiados por Memede.

Andamos várias horas, com medo e cautela. Não vimos mais Tilo, o Juiz, Gaio, Winterforgues ou qualquer das figuras principais de Agoutono. Dizia-se aqui e ali que haviam fugido da cidade. Por que a polícia não os prendeu? Mas não pudemos confirmar a informação.

De madrugada, alcançamos a pista da BR. Pedimos

carona durante um bom tempo, até que conseguimos vaga na carroceria de um caminhão que carregava cana até uma cidade próxima, onde nos hospedamos numa pequena pousada. Tomamos banho, trocamos de roupa e, no dia seguinte, rumamos para o Recife.

Estávamos todos muito aliviados, mas ainda um pouco tensos. Nada havia sido resolvido em definitivo. Qual seria o destino das pessoas envolvidas naquele escândalo de Agoutono? Ainda não sabíamos.

Assim que chegasse ao Recife, Memede falaria com seus contatos e tentaria publicar a história em outro jornal da capital ou mesmo do Sul do país, pois era certo que o *Jornal de Paranambuco* não aceitaria a reportagem. Sofreria represálias. Mas era o preço a ser pago para ver a sua versão dos fatos divulgada.

Quanto a mim e à minha relação com os meninos do Clube e deles entre si, tampouco havia uma definição. Aquela aventura tinha servido para expor nossas diferenças, que tanto haviam se definido nos últimos meses.

Por outro lado, também servira para demonstrar que havia muitos pontos em comum entre nós. Se a comunhão de interesses e pontos de vista venceria as desavenças, só o futuro poderia dizer. Precisaríamos conversar e avaliar as vantagens de permanecermos unidos no Clube ou de desfazê-lo de uma vez por todas.

Por fim, havia minhas brigas com Alice. Ela estava interessada em Zeca, seu ex-namorado, e vice-versa? Os dois diziam que não, mas eu estava confuso. Talvez fosse o caso de "darmos um tempo".

A incerteza foi de fato a tônica daquela aventura do Clube. Ao longo dela, nos deparamos com diferentes maneiras de perceber a realidade. O certo e a verdade nem sempre eram o que pensávamos.

Meirinha havia perguntado a mim e a Alice se tínhamos certeza do que era a realidade e o que era a loucura. E se havia um ponto pacífico em toda aquela aventura, era precisamente este: descobrimos que "loucura" e "realidade" são termos usados de acordo com os interesses de quem fala.

Para Gaio, Tilo e o Juiz, Winterforgues era um louco por querer mudar as regras do jogo político, que os beneficiavam. Loucura era também Memede voltar a Agoutono, utilizar uma máscara, para desvendar um mistério.

Loucura podia ser a do filho de Winterforgues, que havia perdido a noção de realidade — como parte da população de Agoutono —, devido ao uso do refrigerante drogado. Mas o que era a normalidade? Não saberia responder.

Quando o ônibus parou na rodoviária do Recife, antes de pegarmos nova condução, que nos levaria para o centro, formamos uma roda e nos abraçamos, todos do Clube. Permaneceríamos juntos? Era a pergunta que cada um se fazia. Fosse qual fosse a resposta, tudo tinha valido a pena. Havíamos encerrado juntos uma fase de nossas vidas.

Pegamos o metrô e, pouco depois, um ônibus municipal. Ao chegar a minha parada, do Clube só restávamos Alice e eu dentro da condução. Os meninos haviam seguido em outros ônibus. Lígia entrara num táxi ainda na rodoviária, xingando todo mundo de Agoutono. E Memede e Palito já tinham descido, o primeiro carregando no bolso seu gravador portátil e documentos que o ajudariam a revelar ao mundo tudo o que tinha acontecido naquela cidade.

Nós dois viemos o caminho inteiro calados, de mãos dadas. Antes de sair do ônibus, me virei para ela e nos beijamos. Um beijo longo... que me acompanhou como um sentimento bom até minha casa.

Ali, assim que abri o portão, vi vovô sentado na varanda. Subi as escadas devagar e parei na frente dele. Sem dizer nada, nos abraçamos. Ele passou a mão na minha cabeça com carinho, eu apertei sua barriga com força, como se não o visse há alguns anos. Demos uma gargalhada, sem saber por quê.

Adiante, na sala, deparei com vovó, de camisola, cantando uma música antiga.

— Já recolheu as cabras, Joãozinho?

Caminhei até ela, beijei sua testa, e disse:

— Já, vó. Pode ficar descansada. As cabras já estão todas guardadas.

— Que bom! — falou ela, sorrindo, e retomou a cantoria.

Enquanto subia as escadas para o meu quarto, ouvindo a voz de minha avó, me ocorreu novamente a pergunta: o que era realidade, o que era loucura? Não sabia a resposta. E não me preocupei em saber.

Entrei no quarto, assobiando. Estava contente, muito contente. Logo que deitei na cama, dormi — profundamente. E sonhei. Com Alice.

SOBRE O AUTOR

Marconi Leal nasceu no Recife, a 30 de janeiro de 1975, ano em que houve uma das maiores enchentes de Pernambuco. A imagem das águas barrentas que costumavam inundar sua rua é a memória mais antiga que guarda da cidade maurícia. Talvez por isso, adora o Capibaribe, rio que a banha e corta.

Miscigenado como a maioria dos brasileiros, tem em sua ascendência elementos negros, árabes, portugueses e provavelmente outros que a memória familiar não registra. Mas, ao contrário dos grandes escritores nordestinos de sua estima, foi principalmente marcado pela cultura urbana.

Completou o ensino fundamental e o médio no Colégio Marista São Luís, o mesmo onde, muitos anos antes, estudou o poeta pernambucano João Cabral de Melo Neto. Torce pelo Sport, "doença" de que também padece seu concidadão, o escritor Ariano Suassuna. E morou no bairro das Graças, a poucas quadras de uma das casas onde viveu outro ilustre poeta pernambucano: Manuel Bandeira.

Marconi Leal estreou na ficção em 2001, com o livro *O Clube dos Sete*, seguido por *Perigo no sertão* (2004) e *O país sem nome* (2005). Além de escritor, é redator de sites da internet, roteirista de vídeo e professor de português.

SOBRE O ILUSTRADOR

Newton Foot nasceu em Piraju, São Paulo, em 1962. Formou-se em 1986 pela Faculdade de Arquitetura e Urbanismo da Universidade de São Paulo, onde editou em parceria com Fabio Zimbres, no último ano de curso, a revista de quadrinhos *Brigitte*. Foi colaborador da revista *Níquel Náusea* a partir de 1987, participando, neste mesmo ano, da equipe editorial da revista *Animal*. Também publicou na *Chiclete com Banana*, de Angeli.

Em 1992, realizou para o grupo de teatro Ponkã a quadrinização da peça infantil *Momotaro, o menino pêssego*, versão de uma antiga lenda japonesa feita por Cristina Sano, sendo este seu primeiro trabalho realizado com recursos de computação gráfica.

Foi roteirista do programa infantil TV Colosso, exibido pela Rede Globo entre 1993 e 1996, e, como quadrinista, participou de exposições internacionais em Lisboa, Roma e Haarlem, na Holanda.

Recentemente, tem ilustrado vários livros infanto-juvenis, entre os quais *Greve contra a guerra* (de Ricardo Lísias, 2005) e *Perdendo perninhas* (de Índigo, 2006), além dos livros de Marconi Leal da série O Clube dos Sete, publicada pela Editora 34: *O Clube dos Sete* (2001) e *Perigo no sertão* (2004).

COLEÇÃO 34 INFANTO-JUVENIL

FICÇÃO BRASILEIRA
Histórias de mágicos e meninos
Caique Botkay

O lago da memória
Ivanir Calado

O Clube dos Sete
Marconi Leal

Perigo no sertão
Marconi Leal

O país sem nome
Marconi Leal

O sumiço
Marconi Leal

Confidencial
Ivana Arruda Leite

As mil taturanas douradas
Furio Lonza

Viagem a Trevaterra
Luiz Roberto Mee

Crônica da Grande Guerra
Luiz Roberto Mee

A pequena menininha
Antônio Pinto

Pé de guerra
Sonia Robatto

A botija
Clotilde Tavares

FICÇÃO ESTRANGEIRA
Comandante Hussi
Jorge Araújo e
Pedro Sousa Pereira

Eu era uma adolescente encanada
Ros Asquith

O dia em que a verdade sumiu
Pierre-Yves Bourdil

O jardim secreto
Frances Hodgson Burnett

A princesinha
Frances Hodgson Burnett

O pequeno lorde
Frances Hodgson Burnett

Os ladrões do sol
Gus Clarke

Os pestes
Roald Dahl

O remédio maravilhoso de Jorge
Roald Dahl

James e o pêssego gigante
Roald Dahl

O BGA
Roald Dahl

O Toque de Ouro
Nathaniel Hawthorne

Jack
A. M. Homes

A foca branca
Rudyard Kipling

Rikki-tikki-tavi
Rudyard Kipling

Uma semana cheia de sábados
Paul Maar

Diário de um adolescente hipocondríaco
Aidan Macfarlane e
Ann McPherson

O diário de Susie
Aidan Macfarlane e
Ann McPherson

Histórias da pré-história
Alberto Moravia

Cinco crianças e um segredo
Edith Nesbit

*Trio Enganatempo:
Cavaleiros por acaso na corte do rei Arthur*
Jon Scieszka

*Trio Enganatempo:
O tesouro do pirata Barba Negra*
Jon Scieszka

*Trio Enganatempo:
O bom, o mau e o pateta*
Jon Scieszka

*Trio Enganatempo:
Sua mãe era uma Neanderthal*
Jon Scieszka

Chocolóvski: O aniversário
Angela Sommer-Bodenburg

*Chocolóvski:
Vida de cachorro é boa*
Angela Sommer-Bodenburg

Chocolóvski: Cuidado, caçadores de cachorros!
Angela Sommer-Bodenburg

O maníaco Magee
Jerry Spinelli

Norte
Alan Zweibel

Poesia

*Histórias com poesia,
alguns bichos & cia.*
Duda Machado

Tudo tem a sua história
Duda Machado

*O flautista misterioso
e os ratos de Hamelin*
Braulio Tavares

A Pedra do Meio-Dia
Braulio Tavares

Mandaliques
Tatiana Belinky

*Limeriques
do bípede apaixonado*
Tatiana Belinky

Teatro

As Aves
Aristófanes

Lisístrata ou *A Greve do Sexo*
Aristófanes

Este livro foi composto em Lucida Sans pela Bracher & Malta, com CTP e impressão da Prol Editora Gráfica em papel Alta-Alvura 75 g/m² da Cia. Suzano de Papel e Celulose para a Editora 34, em junho de 2006.